ずん、と下から突き上げられた湊は、がくんと背を仰け反らせて嬌声を上げた。
痺れるような快感が尾てい骨から背筋を駆け上がった。

（本文より抜粋）

DARIA BUNKO

幼馴染のアルファ様に求婚されています

高月まつり

ILLUSTRATION 陵クミコ

ILLUSTRATION
陵クミコ

CONTENTS

幼馴染のアルファ様に求婚されています

待ち合わせによく利用される、駅前のオブジェに辿《たど》り着く。

腕時計に視線を落とすと、時間は午後七時を少し回っている。

日中は蒸し暑かったのに、日が落ちた途端に「夏はまだ先なのだ」と思わせる肌寒い風が吹いてきた。

流行《はや》りのファッションに身を包んだ若者たちで溢《あふ》れているが、仕事帰りのサラリーマンもちらほら見える。

久瀬湊《くぜみなと》は密《ひそ》かに辺りを見渡し、スーツ姿の自分が浮くことを免《まぬが》れて安堵《あんど》した。

交差点向かいの巨大ビルに設置されている大型ビジョンには、今日午後七時に解禁されたばかりの「ロンド・ロンド」のパフュームのCMが流れ始め、女性たちが「見てあれ！」「カッコイイ！」と声を上げている。

彼女たちのお目当ては、香水よりもイメージモデルの志藤珠理《しどうしゅり》の方で、大型ビジョンにスマートフォンを向けて写真や動画を撮っている者もいる。

湊は目を丸くして映像を見た。

「うわー……」

子供の頃は泣き虫で寂しがり屋で、「みなとちゃん、みなとちゃん」といつも湊の傍《そば》にいた男が、今や、大画面で女性を魅了する有名人だ。

女性たちは「やっぱりアルファのオーラは違うね」「私も珠理の香水買う！」と歓声を上げ、男性たちは「映画観たけど、あいつ凄《すご》いよな」と感嘆する。

湊は、映像を見上げながら友人を誇らしく思った。

動くたびにふわふわと揺れる癖っ毛に、目鼻立ちのハッキリした顔。目の色は珍しいハシバミ色で、アップの写真だとよく分かる。イギリス人である彼の祖母も同じ色だと、雑誌のインタビューで答えていた。

珠理は、中学三年生のときにモデルとしてスカウトされて以来様々な分野で活躍し、瞬《また》く間に俳優としてスターダムにのし上がり、去年はハリウッド映画にも出演した。

最初は別の役者をチェックするために日本映画を観ていた監督だったが、気に入ったのはお目当ての役者ではなく端役《はやく》として出演していた珠理だった。

監督からの電撃オファーで役を射止めた珠理は「ラッキーボーイ」と呼ばれたが、本人は「二十三歳でボーイはないだろう？」と不満を零《こぼ》していたのが今となっては懐《なつ》かしい。

翌年は各種レッスンのために渡米し、クランクイン前からパパラッチに追われる日々を過ごした。この頃の彼のインタビューにある「友人たちに愚痴ってストレスを発散しました」の「友人」とは湊ともう一人の幼馴染《おさななじみ》のことで、頼ってくれてとても嬉《うれ》しかった。時差による寝不足もなんのその、湊は珠理を励まし続けた。

映画はというと、もちろん大ヒットして、アメリカだけでなく日本でもロングラン上映となった。珠理は続編映画の契約にサインをしたので、数年後には再びスクリーンで観ることができるだろう。

成功する役者にアルファは多いが、アルファだからといって成功するとは限らないのがこの世界だ。

だが湊は、珠理が努力を怠《おこた》らないアルファだというのを間近で見てきたので、きっとこの先も成功していくだろうと確信している。

当の珠理に知られたら「なんなの、その自信」と笑われるかもしれないが、湊はいつも珠理なら絶対に成功すると信じて生きてきた。

「最高のアルファの見本だな、あいつは」

湊はモニターを見つめながら、笑顔で独りごちる。

「遅れて済まなかったな。……ところで、何を笑ってるんだ?」

そこへ、待ち人の高橋立哉《たかはしたつや》がやってきた。

きっちりとしたスーツ姿で、長めの前髪を綺麗《きれい》に後ろに流している彼は、志藤リゾートグループの中でもラグジュアリーなホテルとして有名な「SHIDO TOKYO《シドートーキョー》」のホテリエとして働いており、物腰柔らかで所作が美しい。

「俺たちの、麗しい幼馴染をな、見ていた」

湊は、大型モニターの中で優雅に微笑《ほほえ》む珠理を指さした。

「ああ。……確かに麗しいな、珠理は」

「俺も友人の一人として誇らしい。将来は歴史に名前を残しそうでゾクゾクするよ」

真顔で言ったら立哉が「ぶふっ」と噴き出した。失礼な男だ。

「俺たちようやく二十五歳だってのに、歴史の話とは壮大だな」

「あー……そうだった。誕生日おめでとう、立哉。ようやく同い年だな」

湊は、淡々と語る立哉の肩を叩《たた》いて誕生日を祝う。

「ところで、俺の誕生日を祝ってくれるはずの言い出しっぺは、どこにいるんだ？　直接店に行ってるのか？　まさかここに現れたりしないよな？　スターの登場で、駅前がパニックになるぞ」

湊は笑顔で首を左右に振り、「直接店に行くって連絡が来てる」と言った。

「じゃあなんで、ここを待ち合わせの場所に選んだんだ？　あいつがここを指定したんだろ？」

「だから、ほら。アレを俺たちに見せたかったんじゃないか？」

湊が大型ビジョンを指さす。

「ロンド・ロンド」の宝石のような香水瓶《びん》を手にした珠理が、こちらに向かって微笑みかけていた。

「自分の仕事っぷりを見せつけなくとも、俺たちはあいつが頑張っているって知っているんだがな」

立哉が肩を竦《すく》めるが、湊は「そういう、ちょっと子供っぽいところが可愛いじゃないか」と言って、大型ビジョンを見上げた。


人間には男女の性別の他に、アルファとベータ、オメガというもう一つの性が存在する。

アルファは世界を支配して、ベータは社会の歯車として労働する。

そしてオメガは、アルファの繁栄の一端を担う。アルファを産むことができるのはアルファとセックスしたオメガだけだ。

この世界は、ひと握りのアルファと、両手で一掬《ひとすく》いのオメガ、そして星の如《ごと》く存在する数多《あまた》のベータで作られている。

湊が高校生のときは一クラス三十名だったが、その中にアルファは三人、ベータは二十二人、オメガは五人だった。

子供たちは義務教育期間中にオメガ性について学習し、オメガ性差別をしないように教育された。それでも、ヒートと呼ばれる発情期を持つオメガは、アルファやベータとの間に線を引

かれている。

オメガは必ず、数ヶ月に一度、ヒートという発情期に陥《おちい》る。無差別にフェロモンを発して性交するためにアルファを捕らえるのだ。激しい性衝動を増長するフェロモンに、アルファが抗《あらが》うのは難しい。また、強烈なフェロモンには、ベータでも当てられてしまうことがある。


珠理が予約したのは、「アルファの業界人」が好んで使うタイプの店だ。

店が入っているのは十階建てのビルで、一階と地階は期間限定のカフェが展開され、二階に予約・受付フロントがある。三階から十階までが飲食店となっていて、空に近くなればなるほど値段も高い。

こういったタイプの飲食店ビルは数年前までは「ただの流行り」だったが、競争に打ち勝ったものは「定番」となっていく。このビルもそうして残った、どの階で食事をしても外れがないと評判のビルだ。

だがその評判を体験できるのはアルファと一部のベータまでで、一般のベータや番《つがい》のいないフリーのオメガは入店できない。「不測の事態が起きた場合、お客様の安全をお約束できません」というもっともな理由で入店を拒否される。

「入店のドレスコードがスーツなのは、私服を選ばなくていいから楽だな」

立哉の言葉に湊は「だからって休日までスーツは着たくないだろ」と言い返した。

「だったら今度は海か山にでも行くか？　食事は現地調達だ」

「立哉がアウトドアが好きだったとは知らなかった」

「いやいや。アウトドアを楽しむより、空調の効いた部屋で文明の利器を使っている方が好きだ」

「だよなー……。俺もそれが一番だと思う」

二人は下らないことを言いながら、エレベーターの二階のボタンを押す。以前、同じような店で階段を使って受付係に困惑されてから、エレベーターを使うようになった。

なぜ階段を使用して困惑されたのか分からなかったが、珠理に「ずいぶん前の話だけど、発情期のフリーのオメガが、階段を使ってアルファのいる部屋に現れることが何度もあったらしい」と聞いてからは、「たった一階」と思わずにエレベーターを使うことにした。

来客を安心させるシックな色合いのフロントで、従業員が「いらっしゃいませ。お名前をお伺いします」と微笑みで出迎える。

湊が「志藤珠理の名で予約を入れています」と言うと、従業員はタブレット端末で予約をチェックし、客室担当の従業員が彼らを個室へと案内する。心の中では「この人たちは志藤珠理とどういう関係なんだ？」と疑問符でいっぱいになっていることだろう。その困惑を顔に出さないのは、店舗側が従業員の教育に熱心だからだ。

湊たちを案内してきた従業員は「後ほど改めて伺います」と愛想のいい笑顔で言って部屋から出て行く。

部屋は六畳ほどの広さで、食事用のテーブルセットとは別に、寛《くつろ》げるソファと丸テーブルが置いてある。部屋の隅《すみ》に飾られた大きな花瓶や、丸い格子の飾り窓が昭和の和洋折衷《せっちゅう》の応接室のような雰囲気があった。

立哉が内装や家具をさり気なく値踏みし「なかなかいい」と笑みを浮かべた。このビルに入っている店舗には何度も来ているが、この店は初めてだった。

「珠理が予約した店は、大体凄い」

湊はスーツのジャケットを脱いで椅子の背もたれにかけ、ネクタイを緩めて座る。

「ジャケットをハンガーにかけろ。皺《しわ》になるぞ」

立哉が文句を言いながら、湊のジャケットをハンガーにかけた。

「ありがとう。立哉はマメだな」

「……マメな男は意外とモテないんだよ。喜んでくれるのはアルファのお客様だけだ」

「いいことだろがー、それ」

湊は唇を尖《とが》らせて突っ込みを入れる。

「まあ、気に入ってもらえて嫌な気はしないがね」

ホテリエの立哉に限らず、こうした接客業に従事する者たちはアルファに気に入ってもらえる努力は惜しまない。

アルファの影響力は絶大で、一人のアルファの著名人が「最近のお気に入りスイーツです」とSNSで勧めたら、翌日にはベータの女子がその店に押し寄せる。洋服も、靴も、アルファがファッションアイコンとなって、ベータたちを振り回す。

湊や立哉も、話のネタにと「アルファが注目しているもの」はチェックしていた。

「そういえば最近は……」

立哉の声を遮るように、湊のスマートフォンが着信音を響かせる。湊は、液晶画面の「珠理」の文字を立哉に見せてから画面をタップした。

「はい、湊。………うん、そうか、それなら仕方ない。うん、大丈夫、慌《あわ》てて事故るなよ？うん、分かった。じゃあな」

湊は電話を切って立哉を見つめ、肩を竦めて見せた。

「立哉に済まないと伝えてくれって言われた。仕事で三十分ほど遅れるから、先に飲んでいてくれって」

「よし分かった。じゃあ、先に飲んで待とう」

立哉は気にした様子もなく、湊の向かいに腰を下ろす。

タイミングのいいノックに「どうぞ」と返事をすると、客室担当が笑顔でメニューを持って現れた。

湊は料理のメニューを受け取り、立哉がアルコールのメニューを受け取る。

「ワインは俺が選んでいい？」

最近ソムリエの資格を取った立哉が、選びたくて仕方ないという表情で湊を見る。湊は小さく笑って頷《うなず》いた。料理は、珠理が合流してからガッツリ食べればいいと思い、ドライフルーツとチーズを頼む。

ワインのテイスティングを終えた湊が「うん、旨《うま》い」と頷いたので、客室担当は「何かございましたらそちらのベルでお呼びください」と言って部屋から出て行った。

「ボタンじゃなくてベル？　聞こえるのか？」

湊は、テーブルの端に置かれていた細かな模様の入ったベルを見つめて首を傾《かし》げる。邪魔な飾りだと思っていたが、実際に使用するものとは思わなかった。

「センサーだよ、それ。ベルに仕込んであるんだ。専門誌で見たことがある」

「へえ凄いな」

「そういう、アンティークな呼び出しベルはアルファに人気があるんだ。でも珠理なら『ボタンの方が分かりやすいよね？』なんて言って笑うと思う」

湊は「その通り」と言った。

自分たちは「子供の頃からの大事な友人が、実はアルファだった」……という定番ドラマを地でいくような関係で、自分たちも時としてそれをネタにして笑う。

「……で？　この間話していた相手との進展は？」

唐突に話を変えられて、湊は「う」と言葉に詰まった。

立哉には、ずいぶんと長い片想いの話をいつも聞いてもらっている。

「いや、その……まったく進んでいない。というか、進むわけがないのは分かってるんだ。俺はベータで相手はアルファだ。何が起きる？　何も起きないだろ。俺は傍観者なんだよ」

湊は唇を尖らせて、ワインを一口飲んだ。

世の人々は、アルファとオメガの「運命の番」に夢を馳《は》せ、ドラマや映画を観る。

ベータたちは、自分と関係のない世界の物語だから安心して話に集中できるらしい。去年世界中で大ヒットしたSF映画も、人間のオメガと宇宙人のアルファが、地球を滅亡から救う大作だった。

「そうかな。考えるだけでやめずに、行動を起こしてみたらどうだ？　告白とか」

「……付き合いが長いんだよ。起きるならとうに起きてたはずだ。そろそろこの想いにも引導を渡さなきゃと思ってはいるけど、それができればお前に愚痴ったりしない」

「いい奴なんだろ？　相手の男は」

とぷとぷと、空いたグラスにワインを注ぎながら立哉が問いかけてくる。

そうだとも。

湊は何度も深く頷いて「だからこそ、今の関係を壊したくない」とため息をついた。

「だったら、悩むだけ無駄だな。いい加減諦《あきら》めろ」

「それができないから、こうして愚痴ってるんじゃないか。どれだけ長い間好きだったと思ってるんだ？　俺は、いっそオメガであればよかったのにと考えたこともある。オメガに嫉妬するなんて」

両手で顔を覆《おお》い、「言ってしまった……」と低く呻《うめ》く。

いくら好きな相手がいるからと言って、「オメガになりたい」は言いすぎだ。彼らの生活はベータとはまったく違う。

オメガと分かった時点で、その先の人生は決定したも同然なのだ。年若い頃から常に性的対象として見られ、就《つ》きたい職があってもなかなか採用されず、政府が斡旋《あっせん》した職に就くことが多い。

「本当にな。言いすぎだ。聞かなかったことにしてやるよ」

「ありがとう。……そうだよな、一族の中で一人だけベータってだけでもヤバいのに、オメガになったら家を出るしかないわ」

湊の家は何百年にも渡る名家で、日本有数の複合企業を親族で経営しており海外にも多大な影響力を持つ。もちろん、アルファのコミュニティの中でも発言権が強い。

久瀬家は両親も兄もアルファだ。親族もみなアルファで、湊だけがポツンとベータとして生まれてしまった。

アルファ同士の結婚で名家は繋《つな》がるが、アルファ同士では妊娠することができない。逆に、オメガは男女に拘《かか》わらずほぼ確実にアルファを産むため、子孫繁栄を重要と考えているアルファの中には複数のオメガを保護して番に持つものが多い。

湊を産んだのは父が庇護《ひご》しているオメガの男性で、湊の兄も彼から生まれている。だが、次男の湊がベータ性だと分かると「お暇《いとま》を頂きます！　そうでなければ死んでお詫《わ》びを！」と、そりゃもう凄い騒動が起きた。

オメガはアルファを産むのが当然なのに、ベータを産んでしまった彼のショックは計り知れなかったようで、子供共々処分されるのではないかとまで追い詰められていたらしい。

バカバカしいと思われがちだが、そういう「事件」は表に出ないだけで、実はいくつもある。母が「あなたは私たちの庇護する大事なオメガよ。それに、生まれた子供は私の子供でもある。だから早まらないで」と泣きながら言わなければ、湊は今、きっとここに存在しない。

幼稚園の入園式のとき、右隣の椅子に座っていた子供がぐずぐずと泣いていた。

湊は、友達がいっぱいできるかなとドキドキしながら入園式に臨んだというのに、どうしてこの子が泣いているのか理解できなかった。

自分よりも小さくて、ふわふわの髪が子猫みたいに可愛い女の子が泣いている。笑ったら絶対に可愛いと思ったから、話しかけてみた。

小声で「おなか、すいたの?」と聞く。湊が悲しくなるのは、空腹のときだったから。

「ひとりだからこわいの」と言われて驚いた。

「おかあさんとおとうさんは?」

「はなれてすわってるから、だから……」

女の子は、大きな目からボロボロと涙を流して、今度は「うええ」と声を出して泣き始めた。

「なかないで。ぼくがてをつないであげる」

湊は右手で、その子の左手をきゅっと握り締める。すると、女の子も手を握り返してきた。

その途端。握り合った二つの手が一つに溶け合うかと思った。どこまでが自分で、どこまでがこの子なのかの区別がつかない。

こうして手を握り締めあっている限り、無敵になったような気がした。

あのときの不思議な感覚は今も覚えている。

「ね? これでこわくない。ぼくがいっしょにいるよ」

「ほんと?」

「ほんとだよ。ずっといっしょにいるよ。やくそくするね」

「うん。ずっといっしょ」

湊が、この女の子が実は男の子だということを知ったのは入園式が終わってからだ。当時の武勇伝は、両親がビデオにしっかりと残していて「隣の席の珠理君を慰めてる湊はまるで天使だったわ」と、たまに思い出したように言うのだが、正直勘弁してほしい。

隣の「うさぎぐみ」の立哉と出会ったのも珠理がきっかけだ。

とにかく、ちょっとしたことで泣く珠理は園児たちの恰好《かっこう》のオモチャだった。同じアルファからは「よわっちぃの」とバカにされ、ベータからは「アルファのくせに」と笑われる。

保育士も珠理を庇《かば》ってくれたが、一時も目を離さずに……というのは無理で、その日も珠理はからかわれていた。

湊が「またあいつら」と駆けつけようとしたところで、「よわいものいじめするな」と言って珠理をからかっていた園児を片っ端から蹴《け》ったのが立哉だった。

その瞬間、湊の中で立哉は仲間となった。

単純だが、園児には分かりやすい正義だった。

「ぼくは、むいみないじめはきらいなんだ」とませた口調で言っていた園児は、今では湊と珠理の親友だ。

幼稚園を卒園し、さあこれから小学校に上がろうというとき、珠理は湊の前で「ぼくたちははなれちゃうの？　ずっといっしょだってやくそくしたのに。ぼくがアルファだからはなれるの？　だったらぼくはベータになる」と大泣きした。

そんなことできるわけないのに、いくら親が宥《なだ》めても「嫌だ」と泣き続ける珠理が可愛くて可愛くて、離れたくないと言ってくれるのが嬉しくて、「はなれないよ！　やくそくどおりだよ」と言って、両手で珠理の右手を握り締めた。

そのときにまた、二つが一つに溶け合うような不思議な感覚に陥った。珠理が驚いて目をまん丸にしていたので、湊の勘違いでないと分かった。

なんだろう、この感覚はなんだろう。ずっとくっついていたい。離れたら死んでしまいそうなほど悲しい気持ちの名前はなんだろう。

「はなれないよ」

珠理が鼻を啜《すす》りながら言った。

「そうだよ。やくそくだよ」

湊もそう言った。

彼らの親たちは「あらあら、まるで恋人同士のようね」と笑ったが、湊は真剣だった。

湊が「こいびとってなに？」と母に聞いたら、彼女は「何があってもずっと一緒にいたい人」と教えてくれた。

だったら、しゅりはぼくの「ずっといっしょにいたいひと」だ。

ただの「仲のいい幼馴染」ではなくなった。湊はまだ七歳にもなっていなかったが、ずっと珠理の傍にいたい。珠理が泣かないように傍にいて「大丈夫」と言ってやりたいと心から思った。

「……何をどう考えても俺はベータだって事実は変わんないんだよな」

久瀬家の一員というのも、今まで隠し通してきた。

知っているのは立哉と、同じ名家の出である珠理だけだ。

「でもきっと、オメガ性に関係なく、立哉は俺を友人だと思ってくれるはずだ」

「その通り」

立哉が微笑みながらチーズを囓《かじ》り、綺麗な歯形を付ける。

湊は「はあ」とため息をついてワインで喉を潤《うるお》した。

「……こんなに好きになるとは思わなかった。お陰で俺は欲求不満の日々だ。仕事にも差し障りがある。このネクタイピンならあいつに似合いそうだとか、このブレスレットは絶対に似合う……とか、そんなことばかり考える。そのうち接客がおろそかになりそうで怖い」

湊は有名宝飾ブランドKUZZE《クゼ》の旗艦店《きかんてん》に勤めていて、毎日アルファの顧客を相手にしている。鉱物が好きすぎて宝飾品を扱う仕事を選んだが、ここでも湊が名家の生まれであることを知っているのは店長とチーフだけで、他の従業員は湊の正体は知らない。我ながら結構歪《ゆが》んで育ったなと思う。家族仲はいい。ベータの自分を気遣ってくれるどころか、「何かあったらお父さんかお母さん、お兄ちゃんに言うのよ？」と過保護だ。家族親族団結して、末っ子を守ってあげなくちゃと思っている。

それが、湊にはちょっと息苦しかった。

家族愛を全面的に押し出している家族に、自分の恋愛事情が知れたら、「合法的に、できる限りのことはするわ。久瀬グループとして」と大事になりそうで怖い。

「俺は心の中で思うことにして一生独身で過ごす。家族なんて作ったらお家騒動になりそうでいやだ」

「俺は普通の家庭で育っているからあれだけど、そこまで思い悩むことか？」

「……立哉の両親は優秀なベータじゃないかー。アルファじゃないのに志藤リゾートの一角を任されるなんて凄い。今のホテルの支配人になろうと努力してるお前も凄い。お前こそ、この間連れていた女子はどうした」

「あの子は、ただの同僚です。俺は、ベータにも運命の出会いがあるんじゃないかって思っているから、様々な出会いの場に出ているんだよ」

立哉が両手を上げて「俺のことはどうでもいい」と突っ込みを入れた。

「運命の出会いをしたからって、幸せになれるとは限らないだろ。最悪な相手が運命だったらどうするんだよ」

グラスのワインを一気に飲み干して、眉間《みけん》に皺を寄せて文句を垂れる。

するとと立哉が「また、夢も希望もないことを」と言って笑った。

「笑うなー。運命なんて言葉に惑わされんなよ」

「なかなか出会いがないと、運命という言葉に縋《すが》り付きたくもなる。だからドラマや映画がヒットするんじゃないか？」

「ヒット……？」

立哉が二人のグラスにワインを注ぎ、ドライいちじくを噛《か》みしめる。

「あれだ、『運命の番』ってヤツだ。俺たちベータには関係ないから、ある意味安心してハラハラドキドキして観られる。この間ヒットした映画だってその手のじゃないか」

「あの映画は、珠理が出演したハリウッド映画の日本での興行収益を抜いたから嫌い。面白かったけど嫌い」

「一応は観たんだな」

「…………珠理が面白いから観てみなよって言ったから」

すると立哉は「お前の珠理贔屓《びいき》はなんなんだよ」と呆《あき》れ顔で笑った。

「……アルファとオメガの『運命の番』がなんだってんだよ。くそ。都市伝説って言われてるけど、火のないところに煙は立たない。きっと、そういう熱血的な番がいたんだ。くそ。そういう番には勝てないんだ。ベータには関係のない話だから」

「言葉が汚いぞ、湊」

「…………明日から気を付ける」

今日はなぜだか気持ちが落ち着かない。

湊は眉間に親指を押し当てて沈黙した。

運命の番。

アルファとオメガにだけ起きる、本能に突き動かされる現象を「運命の番」と言った。

出会ったら一目で分かる、永遠の相手のことを「運命の番」と言うのだと。

誰が言い始めたのかは定かでなく、本当にそんなことが起きたという目撃もない。

半ば都市伝説と化しているが、「運命の番」は大変ロマンティックな現象としてベータにも人気があり、それを題材にしたフィクションのエンターテインメントは大抵ヒットした。

ガツンと、テーブルに置いたグラスが音を立てる。

まだワイングラスに三杯だ。酔う量じゃない。なのに湊は酩酊《めいてい》感で体が揺れた。

「熱血って……どうせなら情熱的と言え」

「これだけ長い間片想いしてると、言い方だって変わってくる」

「湊、意味が分からない。自分でも潮時だと思うなら告白した方がいい。アルファじゃないから成就しなくても当然と思えば告白できるだろう。行動してから後悔しろ」

「……立哉の正論が胸に痛い。俺はできれば後悔したくない。今の関係を崩すのは避けたいんだ」

「お前はそんな後ろ向きな奴だったか？」

「地味に暮らしたい男に派手な恋愛は難しいんだ。たとえそれが片想いであってもな」

「なんだそれは」

立哉が笑ったところで、突然ドアが開いて珠理が入ってきた。

「悪い！　撮影が長引いた！」

大型ビジョンに映っていた美しい男が、今は両手で「ごめんね」と可愛いポーズを取りながら、湊の向かいに腰を下ろした。

どちらも同じ珠理だが、ちょっとしたギャップが面白くて笑ってしまう。

「え？　なんで笑うの？　ところで湊はもうでき上がってる？　立哉。湊ってザルでしょ？　どうした？　あ、さっきフロントでさ、酒と料理を適当に持ってきてって言ったけどいいよね？　そのうち客室担当が持ってくると思う」

忙《せわ》しく喋《しゃべ》りながら、珠理が両手を伸ばして湊の頬に触れる。

途端に、湊の顔が真っ赤になった。

珠理は、親しい相手にはスキンシップが激しい。それが分かっていても、やはり気恥ずかしくなってしまう。

「顔が赤い。飲みすぎだよ湊。お前が飲みすぎるなんて何リットルワインを飲んだ？　可愛いなあ。よしよし」

手入れの行き届いた手で頬を撫《な》で回されるのは気持ちがいい。

しかしそれを珠理に悟られないよう、ぶっきら棒に言った。

「子供じゃないんだから、よしよしはやめろ」

「だめだよ。立哉だけじゃなくて俺にも湊の酔った顔を見せて。ほんと可愛いなあ」

ああもう！　俺がせっかくいろいろなことを我慢してるっていうのに……。

湊はそう思いながら「湊のほっぺは結構柔らかい」と嬉しそうに自分の頬を触っている珠理を見る。

「本当に、お前らは仲がいいよ。ところで今日は俺の誕生祝いじゃなかったのか？　言い出しっぺは珠理だろ？」

「そうだった！　立哉～！　よしよしよしよし。誕生日おめでとう～」

珠理が今度は笑顔で立哉の頭を撫で回した。

「お前、それやめろ」

「なんでみんな嫌がるのかな～。俺の愛情表現なのに！」

立哉が真顔で突っ込みを入れたおかげで、珠理の気持ちのいい手は湊に戻ってきた。

「湊は喜んでくれるのに」

「ははは、我慢してるだけだ」

その場のノリで、思ってもないことを言ってしまった。勿体《もったい》ない。

けれどこんなことを想っていると珠理に気づかれたくないので我慢だ。

六歳で恋に落ち、それ以降、二十五歳の今まで片想いをしている。

立哉にだって、片想いの相手の名は伝えていない。

ちなみに三人は同じ小学校に入学し、珠理は「幼稚園を卒業したらバラバラだと思ったのに！　よかった！」と喜び、しかし三人ともクラスが違ったのでまた泣いた。

あのときは無邪気だった。

珠理の音頭で、飲みかけのワインで「誕生日おめでとう」の乾杯をし、「ようやくみんな同い年だ」と笑い、「腹が減った」と三人揃《そろ》って文句を言う。

「珠理は今は笑ってるな。昔は泣き虫だったのに。俺にとってはお前の方が可愛いよ」

湊は「俺も触る」と言って珠理の髪に触れて「よしよし」と掻《か》き回す。酔っ払いに見えますようにと願いながら、触り心地のいい髪に触れた。すると珠理は今にもとろけそうな顔で微笑んで目を細める。

「撫でられるのが嬉しい犬みたいだ。大型犬」

珠理が犬なら飼ってあげられるのに……と、思ったところで、「失礼します」とドアが開き、客室担当が料理と飲み物を用意してやってきた。

「新しい酒でも乾杯をしよう。俺の誕生日だ」

立哉が笑顔で二人をぐいと引き剥《は》がす。

「一番落ち着いた奴が一番年下なんだよね！　俺、お腹空《なかす》いてるんだ。肉料理をいっぱい頼んだけど平気？」

珠理が子供のように浮かれて、テーブルに並べられていく料理を見た。

ハムの盛り合わせと、ザワークラウトが添えられたコールドポーク。チーズと果物のサラダに、鮮やかな色味の鴨《かも》のテリーヌ。パンの盛り合わせとフランス製のバター。

「温かいものはこのあと来る。ステーキと海の幸グラタン、ムール貝のコキールにミートパイも頼んだ」

「旨そうだけど、全部食べられるか…………って、お前が食べるか、珠理」

立哉が喋っている途中で気づいて、客室担当から受け取った取り皿をみんなに渡した。

「そう。俺が食べるよ！」

料理を運んで来たウェイターたちが、珠理をちらちらと盗み見て頬を染める。

珠理は人気俳優だから、男女関係なくとにかくモテるので、これぐらいで嫉妬することはない。……というか、湊はもう慣れた。逆に「そうだろう？　珠理はカッコイイだろう？」と思う余裕さえある。片想いだが。

彼らが名残惜《なごりお》しそうに部屋を出て行くのを確認してから「仕事先で食べてないのか？」と尋ねたら、珠理が「食べたけど腹減った。結構ハードなロケだった」とため息を漏《も》らす。

「この間言ってた、原作は海外ミステリーで、舞台を日本に変えたドラマか？」

「それはまだ先。今日は女性ファッション雑誌の撮影。いくらなんでも、お腹が減ったからと言って俺一人で差し入れを食べ尽くすわけにはいかないだろう？　他のモデルもいるし、スタッフも大勢いたのにさ」

珠理が手酌《てじゃく》で自分のグラスにワインを注《つ》ごうとしたので、湊が慌てて「俺がしてやるよ」とボトルを奪う。

新しいグラスにワインを注ぎ、今度は「仕事お疲れ様」と言って乾杯した。

「珠理、撮影の打ち上げは行かなくてよかったのか？　そういうの、あるんだろ？　みんなでお疲れ様とかさ」

自分が発起人の幼馴染の誕生祝いと仕事を同日にするなんて……と思いながら、湊は珠理を心配する。

「もともと日程がずれ込んでいた仕事だったから、親友の誕生会をするんですって言ったらすぐ帰してくれた。玲子《れいこ》さんは『仕方ないわね』って顔をしてたけど」

「お前な、玲子さんを大事にしろよ？　あの人がマネージャーとエージェントを兼任してくれてるからこその『志藤珠理』だぞ？」

「分かってるよ。玲子義姉《ねえ》さんのお陰だ」

玲子は珠理の兄嫁の妹であり、経営者のアルファたちが「是非とも私の秘書に」とラブコールを送っていた「ベータの才女」として有名だった。

そんな引く手数多の彼女は、「モデルスカウトされたからちょっとやってみるよ」と暢気《のんき》にへらへら笑っていた中学生の珠理の前で、「モデルだなんて勿体ない。珠理君、あなたを世界の一番にしてあげるわ」と言った。

彼女曰《いわ》く「育成のし甲斐《がい》があるアルファって面白いのよ」。

そして現在、珠理は押しも押されぬ人気俳優となった。

「仕事は大事だけど、でも、友人も大事なんだよ俺は。特に幼稚園の頃からの幼馴染はね」

珠理が目の前で微笑む。

相変わらず、彼の周りはキラキラと輝いている。友人と呼ばれて嬉しがっている場合じゃないけれど、この、ある意味最も珠理に近い立場は捨てがたい。

心地よくて楽しくて、告白することによってこの立場を無くすことは、湊にとって死を意味する。自分勝手な想いなのは重々承知だ。

自分のこんな暗い想いは、珠理には申し訳なくて絶対に見せられない。

「湊、ほら、テリーヌ旨いから」

ぬっと、目の前に、フォークに刺さった一口大のテリーヌが差し出された。

珠理が「はい、あーんして」と笑顔で言う。

視線を立哉に向けると、彼は眉を下げて笑っていた。

こういうことも、湊が親友だと思っているからこその遊びだ。

「あ、あーん？」

誰が拒むか。喜んで口を開けてやるとも！

湊はおずおずと口を開けて、差し出されたテリーヌを口に含む。鴨のムースとゼリー状のスープが舌に乗った途端にとろけた。濃厚で旨い。

思わず再び口を開けたら、珠理が待ってましたとばかりに二口目を差し出した。

「小鳥の雛《ひな》みたいで可愛いな、湊」

「こんな大きな小鳥がいるかよ」

「俺より小さいから小鳥でいいんだよ。他には何食べる？　コールドポークにしようか？」

そんな優しい笑顔で言うなよ。なんでもいいよ。俺を餌付けしてくれ。一生餌付けして。

……なんて、喉まで出かかった言葉をごくりと飲み込んで、湊は「自分で食べられるから！」とフォークを持ってそっぽを向いた。

こんなときぐらい素直になってもいいのに。まったく俺ときたら。

目の前でしょんぼりしている珠理に「料理はまだ来るんだろ？　早く食えよ」とぶっきら棒に言って、湊はまた心の中で「俺って奴は」と呟《つぶや》いた。

湊と立哉も頑張って食べたが、大食漢の珠理には敵《かな》わなかった。

人一倍食べるのに素晴らしいスタイルが維持されているのは、燃費が悪いんじゃなくてしっかりとトレーニングをしているからだ。珠理は今も、歩きながら左右に腰を捻《ひね》っている。

「ここでトレーニングするなよ」

「分かってるけど……つい。トレーニングしたらしただけ結果が出るじゃないか。それが楽しくて。分かるよね？」

仲良く夜道を歩きながら珠理が緩い声で笑う。

「そうだな。俺も、スーツ姿が決まらないホテリエにはなりたくないから、ジムに通うし」

珠理と立哉が顔を合わせて「ねー？」と声を揃え、湊を見た。

「俺だって分かる！」

鍛えて体が引きしまっていくのは楽しいし、やはりというかなんというか、珠理の横に立っても恥ずかしくない体でいたい。

「来年発行の写真集のためにも頑張らないと。そのあとは、すぐに映画のクランクインだ」

何冊目の写真集だろう。

珠理はハリウッド映画に出演してから外国人のファンも増えたから、写真集は海外でも話題になるに違いない。

人気が出るのは嬉しいが、珠理がどんどん遠くに行ってしまう気がして寂しい。こんなときに、苦しい片想いを続けるぐらいならいっそ告白して振られた方が……と思ってしまう。

「珠理は頑張ってるな。俺たちも頑張らないとな？　湊」

立哉の言葉に頷き、そこからは「今自分が頑張っている話」で盛り上がった。

夜道を歩きながら話し、ときに笑い、なんとなく離れがたいまま、地下鉄の入り口でいつまでも下らない話で盛り上がった。

「……酔い、醒《さ》めちゃったな」

立哉が言って、珠理が「うちにくる？」と誘う。

いつもなら「行く行く！」と一番に名乗りを上げる湊は、大して飲んでもいないのに酔っ払ったのか、さっきからまっすぐ歩けないでいた。

あっちにフラフラ、こっちへヨロヨロと、歩いているはずなのに下手なステップを踏んでいるようで、自分でも少し笑ってしまう。

「酔っ払いの湊には冷たい水を出してあげよう」

「酔ってない！」

「酔ってる連中はみんなそう言うの。ほら、俺に掴《つか》まって」

珠理にもたれかかると、果物のような甘い香りがした。きっとこれは「ロンド・ロンド」の香水だろう。瑞々《みずみず》しくて気持ちがいい。あとで買って、珠理と同じ香りを纏《まと》うと決める。

「全力でもたれかかってくるなよ。重い。湊は重い〜」

「珠理の方が重いだろ！　なあ？　立哉もそう思うよな？」

思いきり珠理にもたれてから立哉に聞くと、「どっちもどっちだ」と呆れられた。


タクシーで珠理の住むマンションへ行き、飲み直す。

大学を卒業してからの珠理の住まいで、湊と立哉は何度も泊まっているだけあって勝手を知っている。なんなら着替えも置いてある。

冷蔵庫を勝手に開けてつまみになりそうなものを探し、かまぼこの消費期限を確認してから板わさを作る。酔っていてもこれくらいなら簡単だ。

立哉は「これでサラダを作ろう」と言って、少ししおれていた大根と人参を野菜室から取り出して、手際よく千切りにして水にさらした。

「どうすんだそれ」

「ホタテの缶詰と合わせて、それからマヨと胡椒《こしょう》であえる。簡単な酒のつまみを料理長に習ったんだ」

「それ、絶対に旨いヤツだ！」

二人が台所にいるのが寂しくなったのか、珠理が「酒飲もう！」と大声を出す。

「みんなで飲もうと思って買ってた酒があるんだよ。いろいろあるから飲み比べしようね！

立哉は明日の仕事は？」

「明日は夜勤だから問題ない」

立哉は濡《ぬ》れた手を布巾で拭《ぬぐ》いながら返事をした。

自分に先に聞いてくれなかったのが少しばかり悔しかったが、大事な友人相手に妬《や》いても仕方がない。湊は勝手に「俺は明日は休みだ。その代わり、日曜は出勤だけど」と言った。

土日祝日出勤があるのは販売員のさだめだ。

湊は明日の休暇を得るために、「日曜は俺が出勤する」と同僚と交渉していた。二次会が珠理の家になることを見越して、彼とともに過ごしたいがために、こうして休暇を捻出してきたのだ。

「そうか。湊は休みか。じゃあ明日も泊まればいい。ワイシャツの替えもちゃんとある」

そのつもりでいた湊は「うん」と素っ気なく頷いて、心の中でだけ「お泊まりだ」と喜ぶ。

つまみとともにいろいろ飲んだ結果、チョコレートフレーバー以外は、「とりあえず炭酸で割ればどうにかなる」という結論に落ち着いた。

「無理だ、チョコ味のビールは俺には無理だ。先にシャワー浴びる」

立哉が首を左右に振りながら席を立ち、交代で湊が入る。珠理は、二人が残したチョコレートフレーバーのビールをようやく飲み終えてから、甘さにフラフラしながらシャワーに向かった。部屋着という名のジャージに着替えて、リビングで寛《くつろ》ぐ頃には時間は午前零時を少し回っていた。

それぞれソファや大きなクッションに体を預けて、今度は「水分補給」とばかりにコロナビールを飲む。瓶にライムを詰め込んで飲むコロナビールは、爽やかで旨い。ただ、湊には少し物足りない気がした。

「……ジュースみたいだな、これ」

テレビの深夜バラエティに下らない突っ込みを入れながら、三本目。一度、ふらつく足でトイレに行って戻ったら、珠理が両手を広げて待っていた。

煌《きら》びやかな笑顔で「こっちにおいで」と言われたら拒む理由はない。むしろ「喜んで！」と抱き締めさせてもらう。

ビールはやめて自分好みのハイボールを作っていた立哉がそれを見て「酔いすぎ。男二人でやることか？」と突っ込みを入れた。

「そうそう。湊はすでに酔っ払ってるんだから、アルコールじゃなく烏龍茶《ウーロン》を飲みなよ」

珠理は湊を叱《しか》るが、立哉が「お前も酔っ払ってるよ！　珠理」と逆に叱られる。

「俺は酔ってない。これぐらいで酔うはずがない。あと、俺は抱き枕でもぬいぐるみでもないから、ベタベタするな。お前のファンにこれが知れたら俺は瞬殺される」

「俺だって酔ってないし。パパラッチは来ません。ここはセキュリティ完璧で、窓があるのは向こうの部屋だから大丈夫。だから俺は、安心して湊を抱き締められる」

シャワーを浴びたはずなのに、珠理は香水のとてもいい香りがする。

こうしてぎゅっと抱き締めてくれるのはとても嬉しいが、親しい友人相手だからこそ簡単に抱擁《ほうよう》できるのだと知らされているようで複雑だ。

湊の眉間に縦じわができる。

「絵面が凄いことになってるが、それでいいのかお前たちは。この酔っ払いども」

立哉が呆れて笑い出す。

「ほんとだよ。アルファとしての自覚を持てよ珠理」

こうして抱き締められて嬉しいのに、いつもの癖で憎まれ口を叩いてしまう自分が憎い。

「……湊は俺に触られたくないの？」

「え？」

珠理の腕の中で体が強《こわ》ばる。

こんなこと、初めて言われた。珠理は酔うと陽気になる男で、こんな切羽詰《せっぱつ》まった声など出したことがない。

確認をするように視線を立哉に向けると、彼も驚いて瞬《まばた》きをしている。

「旨そうな桃の匂いをさせてさ、俺が桃を好きなの知ってるくせに」

「は？　桃の匂いはいつも使ってるボディソープだろ」

「そうだけど。いや……それもあるけど……触っちゃだめなのか？　俺はもっと触りたいよ」

いつにも増してスキンシップの激しい珠理に、湊は「はあ」とため息をついて、「彼女を作れよ。そもそも前の彼女となんで別れたんだよ。お似合いのアルファ女子だったじゃないか」と言った。

そうだとも、お似合いすぎて、見ているこっちが絶望のあまり爆死しそうだった。披露宴に呼ばれて、友人代表でスピーチをすることになったらどうしようと、本気で泣いた夜もあった。

「あのアルファの女子は恋人じゃないって、何度も言ったよね？　両親の取引先の娘さんで、お互いに両親から『そろそろいい相手を』と言われてうんざりしていたから意気投合して友人になったんだよ。お前らだって一緒に食事に行ったから知ってるだろ？　それに二人きりでは会ってませんー。マスコミもスルーしてるのに、なんで湊は……」

珠理が、整った顔を思いきり歪めて「彼女じゃない！」と訴える。

するると立哉が「湊は珠理を彼女に取られると思ったんだよな」と笑い、湊はすかさず「違う」と突っ込みを入れた。

「……志藤家にはもう兄さんの子供が何人もいるから俺がわざわざ子孫を作る必要もない。だから好きにさせてほしいのに、母さんや叔母《おば》さんたちが『マッチングしたわ』って、いろんなところから女子を連れてくるんだ。困ってるんだよ、湊。あー……本当にいい匂いがする～」

またしてもぎゅっと抱き締められた。

嬉しいけど苦しいし、体が勝手に反応しそうで恥ずかしい。勘弁してくれ。

「のんびりしたこと言うなよ珠理。もし、だぞ？　もしかしたら……ほら、よくドラマなんかに出てくる、運命のオメガに出会うってこともあるだろう？」

すると珠理は湊の肩に顔を埋《うず》め「そうかもしれないけど、俺は別に運命なんてどうでもいいし、正直言うと……すり寄ってくるオメガは嫌い」と低く掠《かす》れた声で言った。

「運命のオメガと出会ったら、それまで付き合っていた相手を捨てることになるじゃないか。抗えないって聞くぞ。気持ちや理性じゃなく、本能が運命のオメガを求めるんだって。……心の底から愛してる相手を捨てるしかなくなるなんて最悪だ」

「都市伝説を真に受けるなよ」

「……それに俺、好きでもないオメガの保護なんてできない。フェロモンに惑わされるのも嫌だ。何度も言うけどそういうのは最悪だと思う」

「運命の番」は、実は妻子のいるアルファや、番のいるアルファやオメガにとって、厄介なものとして捉えられる。

「運命の番」が最優先されて、自分たちの現在の穏やかな関係が壊されるからだ。

妻子を捨てて運命の相手の元に走ったアルファの話や、死ぬまで続くと思っていた番の関係を解消されて、もう生きていけずに自死したオメガの話が、まことしやかに人々の耳に入ってくる。

アルファの番となっているオメガにとって、番を一方的に解消されることは人生において絶望に近い。

精神構造上、一方的に番を解消されたオメガは、その後も番を得ることができず、辛い発情期を一生一人で乗り越えて行かねばならないのだ。

だから、番のいるアルファとオメガたちは「運命の番」をむしろ憎《にく》んでいた。

ベータたちは、自分たちにはまったく関係ない話だからと唇を綻《ほころ》ばせながら噂《うわさ》を語り、流していく。

「オメガヘイトはそれくらいにしておけ。今までそんなの言ったことなかったのにどうした？」

優しく聞いてやると、珠理は「セックスは好きな相手としたいんだ」と、湊の肩に額を擦《こす》りつけて甘えてくる。

「仕事疲れで酔いが回ったな。寝た方がいいんじゃないか？」

立哉が子供を諭《さと》すように優しい声で言ってやるが、珠理は首を左右に振り「このままがいい」と我《わ》が儘《まま》を言う。

つまりそれは、俺を抱き締めていたいのか？　……と思った途端、湊は急激な目眩《めまい》に襲われた。目の前に星が飛び散り、頭がクラクラする。

酩酊なんて滅多なことじゃしないのに、今まさに酩酊していた。酷《ひど》い酔い方で目の前の世界がメリーゴーランドのように回り出す。酔いが醒めるどころか、心臓がドキドキして息苦しい。気持ちがいいのか悪いのかもわからない。こんな酔い方は生まれて初めてだ。

「珠理より湊の方が酔ってる？　今日は二人とも少しおかしいぞ？」

立哉は「水を持ってくる」と立ち上がって、キッチンに向かう。

「俺はいつも通りでおかしくない、ぞ……」

強がりは重々承知だ。

けれど、珠理の前でみっともない姿を晒《さら》すことはできない。

誰だって、好きな相手の前では恰好良くありたい。

「俺だけじゃない。湊もおかしい。いつもなら酔わない量で酔っているし、ボディソープをちゃんとシャワーで流さなかったの？　凄く桃のいい匂いがする。桃の匂いがしなくても、俺は湊の匂いを嗅ぎたいと思ってるけど……」

「は？　なんだ、今の。もう一回……」

今の台詞《せりふ》は聞き捨てならない。もう一度言ってもらって、真意を確かめなければ。なのに、どうしてこんなに眠いんだ。しかも珠理のつけている香水がいい香りで、頭の奥がじわじわと痺《しび》れていくような感覚に陥る。酒が旨くて、まだ全部飲んでいない。勿体ない。なのに。

湊は目を開けていられずに、珠理に体を預けて眠りに落ちた。

「んー…………」

ゆっくりと手足を伸ばし、そっと目を開けると知らぬ天井が見える。一瞬、ここはどこだとぎょっとしたが、すぐに珠理のマンションの寝室だと思い出せた。

昨日の湊は、途中で寝落ちしてしまったのだ。

ああでも、珠理に抱き締められながら寝てしまったなら、それはそれで美味《おい》しい出来事だったなと、唇を綻ばせる。

変な酔い方をしたにも拘わらず、今はとても気分がいい。珠理の寝室なのに、ここにいるのが当然のような奇妙な感覚。なんと言ったらいいのだろうか、今の湊にはその感情に名前が付けられない。

「片想いも度を超すと、こんな気持ちになるのか……？」

再び枕に顔を押しつける。珠理の匂いは好きだが、ここまで安心できる匂いだったかと不思議に思いながら、湊はその気持ちよさにうっとりする。甘くて、下腹が熱くなって、彼を想いながら自慰をするときの感覚が、じわじわと蘇《よみがえ》る。こんなところではしたない。万が一珠理に見つかったら言い訳ができないどころか軽蔑されてしまう。

ここのところ仕事で忙しくてオナニーしてなかったから、たまってんだよなきっと。

そう自分に言い聞かせて、ベッドから体を起こす。

一体今は何時だろう。ところで立哉はどこで寝ているのだろう。珠理もいない。みんなどこへ行ったんだと首を傾げながら、立ち上がった。

急に立ち上がったわけではないのに目眩がして、再びベッドに倒れ込んだ。

「え？」

二日酔いになる体質ではないし、昨日は変な酔い方はしたがぐっすり寝たはずだ。貧血になるような食生活も送っていない。

湊は自分の体に何が起きたのか分からず、「やばい」と掠れ声で呟いた。

焦ったからか体が熱い。いや、これではまるで、高熱を出したときのようだ。喉が渇いて仕方なくて、呼吸をするのが辛い。

肌がシーツに擦れるたびに、口から変な声が漏れそうになる。

「なんだ、これ……」

ほんの少しの刺激に反応して下腹が疼《うず》いた。途端に、部屋の匂いにも過敏になった。

部屋の中は湊の好きな香りが充満し、嗅《か》いでいるだけで達してしまいそうになる。頭の奥がガンガン響くほど血液が流れていくのが分かる。

熱くて、苦しくて、一人でいるのが辛い。

「あ……っ」

無意識のうちに両手を股間に持って行こうとして、湊は慌てて動きを止めた。珠理のベッドでこんなことをしてはだめだ。

唇を噛んで堪《こら》える。

動悸《どうき》で冷や汗が出てきた。掌《てのひら》と脚も冷たいのに、体の中心だけが焼けるように熱い。

昨夜の酒のせいなら、もっと早く症状が出ているはずだ。

自分の体に一体何が起きたのか分からないが、尋常でないことだけは確かだ。珠理に救急車を呼んでもらえば……と思ったところで「だめだ」と声にした。

トップスターの自宅で騒動は起こせない。

名家である彼の実家がもみ消してくれるだろうけれど、それでも、人の口に戸は立てられない。どこかから話が漏れ、ゴシップ紙が面白おかしく書き立てでもしたら、湊が謝罪するだけでは済まなくなる。

湊はどちらかというと、最悪のことを考えながら最善の道を歩もうと努力するタイプなので、この症状が去るまで堪えることに決めた。

立哉がまだ帰宅していなかったら、タクシーを呼んでもらって病院に連れて行ってもらいたいのだが、この状態では彼を呼ぶこともはばかられる。

なんなんだよ、これ……っ！

呼吸をするたび喉が焼けるように熱くて苦しいのに、股間が疼いて陰茎《いんけい》が勃起《ぼっき》しているのが分かる。

早く収まれ。

そう願い、か細く息を吐いたところでドアが開いた。

「おい湊。そろそろ起きてこい。朝食が」

ドアノブを掴んだまま、立哉が「うわ」と低い声を出す。

「……立、哉」

「……凄いわ、この匂い。頭がクラクラする」

立哉が、顔を赤くして「臭いって意味じゃなくてだな、ちょっと……俺は耐えられそうもない。珠理を呼んでくる」と慌てて部屋から出て行く。

逃げるように出て行った立哉に対するショックと、一人にされた心細さで泣きそうになったところで、今度は珠理が部屋に入ってきた。

「珠理……」

助けを求めようと珠理に手を伸ばしたが、彼の顔を見た途端にどうしようもない劣情に襲われる。とにかく、今、自分の目の前にいる男とセックスがしたい。

それ以外考えられなくて、下腹が熱くなる。

「湊」

珠理が真剣な表情で近づきベッドに腰を下ろし、自分の右手で湊の左手をそっと掴んだ。

「……珠理、俺、セックスしたい。こんなこと言うの、おかしいか？　なあ、今すぐ」

「おかしく、ない。湊はとてもいい匂いがして、その、なんというか、俺も」

「だったら、なあ。じゃあ頼むから、なあ、俺とセックスしてくれ」

自分は何を言っているんだ。好きだと告白もしていないのに、体の関係を求めるなんて最低じゃないか。いや、でも、こうして縋って体だけの関係でも……！

こんなことを考えるなんておかしい。いつもの自分じゃないと愕然《がくぜん》としつつ、徐々に理性が甘くとろけて本能が首をもたげる。快感を追うことに必死になって、切なくてもどかしくて涙が出てきた。

「珠理、我慢できない」

荒い息で呼んだ、次の瞬間。

乱暴にベッドに押し倒されて、唇を押しつけられた。

珠理から香水のいい香りがする。

その香りがどんどん強くなっていく。

寝室の、むせかえるような甘さの中で、湊は珠理とキスを交わしていた。

好きだとか嬉しいとか、そういう初々《ういうい》しい気持ちは置いてきぼりで、飢えを満たす獣のように力任せに抱き締め合って、食らうようにキスをする。

「は、ぁ、あ、ああっ」

口を開けて舌を絡《から》め、互いの唾液を飲みながら体をまさぐっていく。

すると甘い香りが脳にまで染みこんで、湊は今すぐ挿入されたくてたまらなくなった。後孔《こうこう》を押し広げて陰茎をねじ込んでほしい。同性とのセックスの経験はないが、どこに何を入れるかぐらいは経験がなくとも分かる。

珠理が荒い息を吐いて湊の体からジャージを剥ぐと、湊も珠理の体からシャツを剥ぐ。勢い余ってボタンが飛び散ったが、珠理は怒るどころか嬉しそうに微笑んで「我慢もできないの？」と囁《ささや》く。

「できない、できるわけない……っ！　俺は、ずっと……っ」

珠理の手で下着を脱がされ、熱く勃起した陰茎を晒した。

「こんなに、とろとろにして。ここが、一番濃い匂いがする。俺の好きな、匂い」

仰向けで大きく脚を広げられたと思ったら、珠理が顔を股間に近づけて匂いを嗅いだ。

勃起して鈴口から先走りを溢れさせている陰茎は、珠理に匂いを嗅がれるたびに、興奮してぴくぴくと小刻みに動く。

「とろとろだ。こんなに濡らして。凄く、いい匂い。頭がおかしくなる……っ」

ふっくらとした陰嚢《いんのう》を持ちあげて、その奥に指が侵入する。珠理の指が後孔に触れると、そこはねっとりと濡れていた。

「可愛い、ここ、いっぱい濡らして俺を待ってたの？　湊」

「あ、あ……っ、指で弄《いじ》るのやだっ、指、だめ……っ」

「湊がこんなにエロいとは思わなかった。俺に抱かれたくて、こんなとろとろになって」

「や、あ……、そんなっ、指っ、広げられたら……っ、ひゃ、あっ、ああっ」

珠理の指が後孔の中に入って動くと、「くちゅ」と柔らかく粘った音がした。珠理の指で中を広げられると、それだけで湊は「ああ」と大きな声を上げて腰をくねらせる。こんな恥ずかしいことをされて感じる自分に興奮して、鈴口から先走りを滴《したた》らせた。

とろとろといやらしい体液が股間を伝ってシーツに染みを作っていく。

「早く、なあ、早く、ハメてくれよ。気持ちよくなりたい、なあ、入れてくれ。珠理のその太いちんこを俺に入れて、俺の尻の中に入れて、突き上げて、掻き回して……っ」

珠理の香りが湊をだめにする。

優しい言葉も前戯《ぜんぎ》も必要ない。

力尽くでねじ伏せ、犯してほしい。

「酷くていいから……俺の体、もう、珠理が欲しくてたまらないんだ。だからここに、早く入れてくれ……っ」

湊は、普段の自分が決して口にしない下品な単語を口にして自ら腰を揺らして珠理を誘う。

「くっそ、誰にそんな誘い方習った……っ！」

珠理が忌々《いまいま》しげに言葉を吐き捨てて、湊の腰を掴んで持ちあげる。正常位の恰好で、先走りと体液で濡れた後孔に、珠理の亀頭が押しつけられた。

「あ、ああ……っ、珠理、熱い……。珠理のちんこが俺の尻に当たってる……っ」

ずっとずっとこうされたかった。こういう関係になりたかった。でも今は、そんなロマンティックな想いはどこにもない。ただ、欲望を満たしたい。この熱く硬い陰茎で後孔を貫かれたい、それだけを願う。

「珠理、俺の尻の中、早く、も、だめ。我慢できない、珠理のちんこが欲しいんだ。当ててるだけじゃなくて、動いて、早く動いて」

腰を揺らすと、珠理の亀頭と自分の後孔がぬるぬると擦れて気持ちがいい。

でも、それだけでは満たされない。

「頼むよ珠理。動いて、いっぱい動いて……！」

後孔を軽く突くことしかしてくれない珠理に、湊は目に涙を浮かべて「入れてくれ」と懇願した。

欲望に濡れた珠理の目の中に、浅ましい自分の姿を見つけて興奮する。

「可愛い、可愛いよ湊。俺の湊、ほら、今からお前が欲しいものをあげる。いくらでも入れてあげるから、もっと恥ずかしい姿を俺に見せて……っ」

初めての挿入にも拘わらず、湊の体は歓喜で包まれる。

「珠理……っ」

繋がって抱き締め合い、このまま溶けて一つになってしまう。どこまでが自分でどこまでが珠理なのか、もともと自分たちは一つの存在で、何か理由があって二人に分かれてしまったのだと、そんな子供のお伽噺《とぎばなし》のような感覚に陥る。

「あ」

激しい既視感に驚いて、湊は珠理の背に爪を立てた。

「湊……今、俺……」

珠理も何かに気づいたようで、湊と目を合わせて何度か瞬きをする。

「うん。俺も。今の……何?」

ずいぶん昔に、これと同じ感覚を味わったはずなのに思い出せない。もどかしくてどうしようもなくて、その気持ちが瞬く間に快感へと変化した。もう、何も思い出せず、目の前の快楽に溺《おぼ》れていく。

「あ、ひ、ぃいぃいっ、ああああっ」

灼熱《しゃくねつ》のような珠理の陰茎は圧迫感と快感を湊の体に刻み込んでいく。

「あ、あっ、中、珠理が入ってる！　俺の腹の中に、珠理のちんこ、入ってきてる……っ！

は、ぁ、あああっ、だめ、俺、イッちゃう、初めてなのに、気持ちよくてイッちゃう！」

「いいよ。精液、出して。ほら、気持ちいい顔見せて！、湊っ」

興奮した珠理に乱暴に突き上げられると、結合部が泡立ってぐちゅぐちゅと卑猥《ひわい》な音を響かせる。

「俺が入りやすいように、こんなとろとろに濡らして……糸引くほど滴らせて、俺のちんこは気持ちいい？」

珠理の嬉しそうな上擦《うわず》った声に、湊は何度も頷く。

「ほら、もっと激しく動いてあげるから、湊」

「あっ、あ、だめっ、もうっ、イく、俺、初めて突っ込まれてっ、こんな早くっ、いや、いやだっ、あ、あぁぁああっ！」

湊は珠理の背に爪を立てて、あっけなく射精した。

だが珠理は変わらず腰を打ち付ける。

「やっ、やだっ、俺、イッたのにっ！　精液出したのにっ！　こんな、あああ、もっと、珠理もっと欲しいっ！　足りないっ、足りないっ！」

よがって仰《の》け反《ぞ》ったら、興奮して勃《た》っている乳首を甘噛みされた。それだけで、両脚をぴんと伸ばして達してしまう。

「い、や、そこ、噛んだら、だめっ、だめ……っ。あ、乳首、だめ、乳首と尻、両方、そんな、吸われたらっ、俺っ、あああっ！」

腹の中を突かれているだけでも気絶するほどいいのに、乳首を吸われ、舌先でくすぐられながら噛まれると、胸の奥が甘く切なくなってどうしていいか分からなくなる。

「湊、甘い。どこもかしこも、甘くて……もっと、可愛がりたい……っ」

「可愛がって、なあ、俺のこと、いっぱいっ、可愛がってっ！　珠理っ、中に出してくれよ。精液、珠理の精液欲しい！　腹がパンパンになるまで出して！　俺を孕《はら》ませてくれっ」

可愛がって。頭の先から足の爪の先まで余すことなく可愛がってほしい。なんでもするから、珠理のためならなんでもできるから。気持ちよくて泣きそうに切なくて、珠理のすべてを自分のものにしたい。

湊は珠理の腰に足を絡めて「中にくれ」と言って喘《あえ》ぐ。

汗を滴らせて、切なげに眉を顰《ひそ》めて射精する珠理の顔を見て、湊はどうしようもないほど興奮した。触れられてもいない、大して刺激もされていないのにとろとろと射精して体を震わせる。腹の中に珠理の精液が注がれたという事実に快感を覚えて、それだけでひくひくと何度も達した。

「あ……、だめ、俺……いや、体が……っ、珠理、足りない、まだ足りないっ！　もっと、俺を可愛がってくれ！　精液くれよっ、そうじゃないと、俺……頭、おかしくなるっ」

「いくらでも……あげる。何度もイッてみせて。俺の前でいっぱい精液漏らして、恥ずかしい顔で気持ちよくなって」

「するから、恥ずかしいことといっぱいするから、珠理が欲しい……っ」

嬉しくて涙が出た。

珠理が体位を変えるために陰茎を引き抜くと寂しくて、「早く入れて。ここを埋めて」と何度も下品な言葉で煽《あお》り、背後から貫かれる。

力任せに腰を掴まれて揺さぶられるたびに、湊の陰茎はぷるぷると揺れながら精液を漏らしてシーツをねっとりと濡らした。

乳首を弄られるとすぐに達して苦しいので「いやだ」と言ったら、「俺はしたい」と両手で胸と乳首を一緒に揉《も》まれた。

「ひぐっ、は、あぁっ、く、んんっ、あああぁあっ！　イッちゃう！　胸揉まれてイッちゃうからっ！　ああぁあっ！」

揉まれながら掌で乳首を擦られて、湊はまた絶頂を極めた。

精液を垂らしながら腰を振ると、珠理が「可愛い」と言ってくれたのが嬉しい。それだけでまた体が熱くなる。

「珠理、足りない。全然……足りない……っ、もっと、いっぱい、欲しい」

汗と精液で濡れたシーツに皺を作り、腹の中で萎《な》えている珠理の陰茎をキュウキュウと締め付けて硬くさせた。

「湊……っ」

「外させないから。珠理のちんこは、俺の腹の中」

「お前」

珠理がごくりと喉を鳴らす。

「ずっと、俺に入っててくれ。いっぱい気持ちよくして。精液を中に注いで。俺が孕むまでいっぱい。やめないで。珠理の子供を孕ませてくれ……っ」

子供なんて孕めるわけがないのに。オメガでもない限り、そんなことは無理だって分かってるのに。

湊は「珠理」と呟いた唇の端から唾液を垂らし、彼に愛撫《あいぶ》をねだる。

「湊が俺の子供を産んでくれるの？」

「産むよ、俺。だから、あっ、もっと……動いて、珠理、そんな浅くじゃなく……っ」

「激しいのが、いい？」

「ん。おかしくなるくらい激しくして。俺のことなんか考えなくていい。きっと勝手にイッちゃうから。俺一人で、勝手に珠理を感じてイクから……っ、あ、だめ、外すのだめ……っ」

「上に乗って。大きく股を開いて、俺に見せて。湊が俺のちんこでお尻オナニーしてるところ、見せてよ」

「あ、あ……そんな恥ずかしいこと、珠理が言うなんて……っ」

ぞくぞくする。

湊は、仰向けに寝転んだ珠理を立ち膝《ひざ》で跨《また》ぐ。

後孔から、珠理の放った精液が垂れて太腿《ふともも》を伝って行くのが分かった。

「言う通りにするから、だから珠理、ね？　孕ませて。ずっと俺に突っ込んでてくれ。離さないで」

湊は右手で珠理の陰茎を支え、慎重に腰を落としていく。

「あ、あ……っ、珠理の、ちんこ、硬い……っ、これが俺の中に……っ」

後孔と亀頭がキスをするように何度も擦り合わせていくうちに、それだけで「あ」と声を上げて達し、珠理の腹に申し訳程度の精液を滴らせた。

「入れないでイッていいの？　俺のちんこ、入れたいよね？　ほら、早く中に入れて」

「ほ、ほしい……っ、珠理が欲しいよっ！　あっ、中、熱いっ」

ぐっと腰を下ろして、すべてを腹に収めた。

「あ、んんっ、珠理ぃっ、気持ちいいっ、珠理っ、俺、こんなっ、気持ちいいの初めてっ」

湊は珠理に見られながら自ら腰を振り、もっと感じる場所はないかと角度を変えていく。

繋がった場所からぬかるみを歩くような音が響き、精液と体液が溢れて飛び散る。

「あ、もっと、珠理、もっと！　動いてっ、一緒に動いて！　珠理！」

ずん、と下から突き上げられた湊は、がくんと背を仰け反らせて嬌声《きょうせい》を上げた。

痺れるような快感が尾てい骨から背筋を駆け上がった。目の前に星がいくつも飛ぶ。確実に絶頂しているというのに湊の陰茎は精液を溢れさせることもなく、淫靡《いんび》に震えている。

「珠理、珠理、もっと。珠理が欲しい。珠理……っ」

両手を伸ばして縋ろうとしたら、珠理が両手を絡めてきた。

「湊……っ」

珠理に激しく突き上げられて、湊は達し続ける。

快感なのか苦痛なのかそれすら分からず、ただ、珠理の甘い香水の匂いに追い立てられるように、本能だけで動いている。

「も、俺……死んじゃう……っ　これ以上イッたら、死んじゃうよ……っ、あ、ああっ、や、やだっ、イッてるのにっ！　俺死んじゃうって！　珠理、ああっ、そんなのだめ……っ」

泣いて頼んでも動きを止めてくれないどころか、また体位を変えられた。

「死ぬって言いながら感じてるの？　湊。尻をこんなにとろとろに濡らして、何度も後ろだけでイッて、おちんちんはもう精液を出せなくなった？」

「や、あ、ああっ！　あ、あっ！　気持ちいいっ！　こんな気持ちいいのだめだっ！　初めてなのに！　初めて突っ込んでもらってるのにっ！　気持ちいい、いっぱい気持ちいいっ、珠理、

「……っ！」

正常位で、右足は珠理の左肩に担がれた恰好で、今までの中で一番深くまで挿入された。

「もっ、弄らないで……っ」

よすぎて声も出ない。

湊は珠理の腕の中でよがり、嬌声を上げる。

たまらず珠理の肩に噛みついて、彼に呻き声を上げさせた。

「この……っ！」

仕返しとばかりに、珠理が湊を乱暴に突き上げて、湊の意識が飛んだ。

気絶しても快感で意識を引き摺《ず》り上げられる。キリがない。

「湊、ね、もっと。湊を孕ませたい。俺の匂いでいっぱいにしたい。湊、湊」

珠理の唇が肩や耳の裏に触れて赤い痕を残しているのが分かった。

「珠理の好きにしてほしい。珠理がしたいことが俺のされたいことだから。いっぱい、して。俺にハメて、離さないで。子供、孕むから。だから、俺……っ」

珠理の唇がうなじを捉えて、何度も舐《な》められた。

優しく吸われ、キスをされる。まるでこれは、アルファとオメガの番の行為だ。

アルファはオメガのうなじに噛みついて番にする。噛み痕は酷い傷痕になることも多く、そのお陰で、傷を保護するオメガ専用の首輪まで存在する。

「珠理……っ、噛んで、強く噛んでくれ……っ！」

たまらず湊が叫び、だが珠理は彼のうなじに噛みつくことはなかった。


あれからどれくらい経《た》ったのだろう。

衝動がまったく収まらなくて、数え切れないほど繋がり絶頂を繰り返した。今は一段落付いたところで、シャワーを浴びて新しいタンクトップと下着に着替え、ベッドシーツを交換したところだ。パジャマを着るのはやめた。喉が渇いて仕方がなかったので、ミネラルウォーターのペットボトルを一気に半分ほど空にした。

気がつくと、珠理の左腕には大きな絆創膏《ばんそうこう》が貼られていて、「いつ怪我《けが》をしたんだ？」と聞いたら、シャワーを浴びに行く途中でぶつけただけだと言われた。でも嘘《うそ》だ。絆創膏は血が滲《にじ》んでいた。

芸能人は体が資本だろうに、こんな簡単に傷をつけるなんて信じられない。

「体が資本だろうが。……気を付けないとだめだ。お前の体に傷なんてあっちゃだめだ」

「あー………うん、大丈夫。傷が残ったりしないよ。なってもいいんだけど、まあ、そのうち治る」

曖昧《あいまい》に笑う珠理に、湊が「むう」と唇を尖らせたのが二十分ほど前。

告白をする前に体の関係を持ってしまった。珠理はそれに関してどう思っているのか、湊は聞きたいけれど聞けないというもどかしい思いに苛《さいな》まれている。

「湊〜。大したものは作れなかったけど、これでいいかな？　朝食じゃなく、もうおやつの時間なんだけど」

珠理が大きなトレイに食べものを載せて寝室に持ってきた。

いい感じに焦げ目の付いたソーセージに、スイートコーン入りのスクランブルエッグ、一口チーズが何個かと、冷凍庫に入れていた六枚切り食パンのトーストが四枚。飲み物はホットコーヒーとオレンジジュース。

「それでも、凄く、旨そう……」

「……食事は、行儀悪いけどベッドの上でいいよね？」

最初からそのつもりだったようで、珠理は笑顔でベッドにトレイを置いた。

夜の、荒々しいセックスに垣間見た肉食獣のような獰猛《どうもう》さは微塵《みじん》も感じられない、いつもの綺麗で優しい珠理の顔だ。

その顔を見ていたら、体がまた、熱くなっていく。

「珠理……俺の体、なんか、おかしいんだ……」

湊は、大きな枕をクッション代わりにしてもたれかかり、無造作に脚を放り出して言った。

「ん？　どうしたの？　急に」

「だって俺……珠理と……」

「うん」

「珠理と………俺の親友と……」

ベッドサイドに腰を下ろした珠理を見つめたまま、湊は耳まで真っ赤になった。

今ごろ恥ずかしがるのはどうかと思うが、昨夜のことを言おうとしたら次から次へと思い出してしまったのだ。これはもう仕方がない。

「俺も、なんというか……勢いで凄いこと、しちゃった気がする」

ああ、そうだよな。勢いとしか言いようがないよな、アレは。恋愛なんかじゃないよな。

分かってはいたけれど、珠理の口から言われると無性に悲しくなる。

「だから、その、珠理……昨日の俺はおかしかったから、その、綺麗さっぱり忘れてくれ！　な？　まあ、人生は長いからこんな事故みたいなこともあるんだろう。本当に、俺に付き合わせてしまって申し訳ない」

それでも、珠理の「友人」として傍にいたいから、笑い話にしておく。

なのに。

湊は珠理の両手で頬を包まれて「湊はそれでいいの？」と言われてしまった。

珠理は真顔で、昨夜のことを笑い話にするつもりはない様子が窺《うかが》える。

「いいんですー、それでー」

「俺はいやです！　バカ湊！」

　ふざけて返事をしたら怒られた。

「なんで、怒るんだよ！」

「だって俺は、俺はね！　湊のことが好きだからっ！　好きで好きで大好きで、いつか絶対にお嫁に迎えるって思ってた！　だから忘れることはない！　具合の悪かった湊を押し倒して強引にセックスしたのは謝る！　あのときの俺はどうにかしてた。湊をレイプしたのも同然だ！　でも、湊が俺とセックスしたいと言ってくれたから嬉しくて……っ！」

　珠理が目の前で信じられないことを言っている。顔を真っ赤にして、今にも泣きそうな顔で怒鳴って。

　好きって言われた……？

「いや、昨日はほら、二人しておかしかった！　立哉だっておかしかったし！　きっと昨日飲んだ酒の中に、『混ぜて飲んだら危険』みたいなタイプのものがあったんだよ！　そうだろ？　だって珠理は、アルファだ！　ベータの俺を好きだなんて……嫁にしたいなんて、そんなことを言っちゃだめだ……」

　湊は声を震わせて口を噤《つぐ》んだ。

　世界にアルファは少ない。そして、その優秀な遺伝子を引き継いだ子供を産めるのは、番となったオメガだけだ。

アルファはアルファと結婚して名家同士の繋がりを強固にし、オメガを番にして子孫を繁栄する。

だから、オメガとアルファは結婚することはない。しかし、番になればオメガの衣食住は保証される。

そしてベータは、ベータと恋をして家庭を築き、社会の歯車として繁栄していく。

「だめじゃないよ。今だって湊は俺の大好きな桃の香りがする。これって、俺を受け入れてくれたってことだろう？　今まで誰とセックスしてもこんないい香りがすることはなかった。きっと俺が本当に好きな相手とセックスしてなかったからだ。でも今は！」

「……どさくさに紛《まぎ》れて、今までの経験を語るなよ。バカ珠理」

「ごめん。本当にごめんね。何度も湊への気持ちを忘れようとしたんだ。でも、無理だったみたいだね」

「可愛く言っても……だめだ。本当にバカだ、珠理。俺のこと好きだなんて。俺は今まで言わずに我慢できたのに……。珠理がいい香りだから……っ」

「うん」

「好きだ。珠理が好きだ……。でも、俺を嫁にしたいなんて言っちゃだめだよ。俺はベータだから。名家の出であってもベータだから、珠理に相応《ふさわ》しくない」

「相応しくないって言いながら、今も俺のこと誘ってるじゃないか。俺と一緒にいたいって離れたくないって、凄くいい香りをさせて……」

珠理がうなじに顔を埋めて「美味しい匂い」と囁く。

「違う。いい香りは珠理だ。すごく気持ちよくて……離れがたくて……」

今も、目の前の形のいい唇にキスをしたくてたまらない。

湊の体はすでに準備ができている。

「珠理。なあ、今セックスしたら、もう、なかったことにはできない？　俺、体が」

「だめだよ湊。なかったことにはならない。なんでそんなにいい匂いなの？　ベータの男ってそんなにエロい匂いになるの？　俺を誘って、もう、ほら、勃起してる」

ベータの男がセックスで香るなんて聞いたことがない。

なのに珠理はそう言う。

「あ、やだ……っ、珠理がいい匂いだから、だから俺は、つられたんだ。俺は珠理が好きだから……っ、だから、こんな、恥ずかしいことになる……っ」

珠理が香る。とてつもなくいい香りで、湊は彼に乱暴に下着を脱がされ、脚が胸に付くほど折り曲げられて後孔を明かりの下に晒しても抵抗できない。

せっかく用意した朝食が、トレイごと床に落ちて酷い音を立てた。

「こんな、ほら、ここ。湊の可愛いお尻の穴。とろとろに濡れて、すごくエロくて、甘い桃の香りをさせて、俺を誘ってる。たまらない」

珠理がそこに顔を埋めて、後孔を舌で愛撫し始める。

愛液と唾液が混ざり合って、尻から背筋を伝って替えたばかりのシーツを汚した。

「あ、そんなっ、珠理っ、そこっ、あっ、だめっ、や、やだっ、やだあっ！　中っ、珠理の舌が中に入ってくるっ！　あ、あ、あ、舐め、舐めてるっ、俺の尻、珠理に舐められてるっ！」

二人の甘い香りが絡み合い、より濃くなって寝室を満たす。

むせかえる香りに逆に煽られ、自分たちがさっきまで真面目《まじめ》に話していたことも頭の中からすっかり消えた。

今は、ただ、互いを貪り尽くしたい。

「ここ、湊のここ甘い。人の体なのに、甘くて、いい香りがする……っ」

後孔を執拗《しつよう》に嬲《なぶ》っていた珠理の舌が、今度は会陰《えいん》から陰嚢へと移動した。

「ひぐっ、あ、あああ、あーっ！　玉、だめ……っ、は、はっ、んんんっ！」

「可愛い、湊可愛いっ」

珠理が陰嚢を片方ずつ口に含んで転がすたびに、湊は「あーあー」とだらしない声を上げてよがった。

「も、イくっ！　俺、精液出るっ！　出ちゃうよ珠理！」

湊はもう、珠理が見ていてくれさえすれば簡単に射精できる。

鈴口から精液が溢れ出て自分の顔にかかると、湊は「ああ」と上擦った声を漏らした。

「勿体ない。俺が舐めてあげるよ」

頬についた精液を珠理の指が掬い取る。

珠理が指で掬い取った精液を舐める様を見上げ、「俺も、珠理の精液、欲しい」とねだった。

腹の中に注がれるだけでなく、口にも入れたい。入れて含んで味わって、体の中を珠理の味にしたい。

湊のおねだりに、珠理が笑顔で頷いた。


二度目のセックスの方がいろいろと酷かった気がする。

二人が我に返ったのは九時で、まず、「いつの九時だ？」と愕然とした。

珠理が咄嗟《とっさ》にスマートフォンを掴んで「今日の夜だ！」と言ったので、湊は安堵のため息をついた。

人間、日時が分からなくなると結構焦るものだなと、そのときはまだ他人事のように思っていた。しかし、立哉からの着信がもの凄い量で、自分たちは親友の一人を心配させたままだったことに気づいて顔面が蒼白《そうはく》になる。

とにかくシャワーに入ったり着替えたり、窓を開けて空気の入れ換えをして、ようやく落ち着いたところで珠理が立哉に電話をかけた。今日は夜勤だと言っていたが、もう仕事に入っていたらメッセージを残せばいい。

「立哉？　まだ仕事じゃなかったのか！　珠理です。心配かけてごめん。……………うん、分かってる。本当にごめん。もう大丈夫、湊も大丈夫！　じゃあ替わる？　え、それはいいんだ。……………え？　何？」

珠理が湊を見て、「向こうで話してくる」とジェスチャーをしたので頷いた。

まず、落ちた料理や皿をトレイに載せて、床に染みができないように拭《ふ》く。

洗濯機に突っ込もうとシーツをまとめたところで、珠理がやけに神妙な顔で戻ってきた。

「湊」

「……ん？　これ、洗濯機な？　ガビガビで酷いことになってるわー」

「あ、ああうん。あのさ、湊は……その、今もちょっといい香りがするんだけど、その、俺も匂う？」

何を当たり前のことを言っているんだろうと、湊は「うん。いい匂いがする」と言った。

「そうだよな……やっぱりおかしい。やってる最中は気がつかないし、そもそも俺は湊が好きだから、いい香りを気にするわけがないんだ。やはり、立哉の言ってたことは正しかったのか……」

真剣な顔で独りごちる珠理を見て、湊は「だから、今日のことは今日で忘れようって言ったよな」と、肩を竦めて笑ってやった。

「はは。まあ、好きだと言ってくれて嬉しかったよ。俺の大事な思い出になった。これからはもう、あまり会わないことにしよう。一夜の過ちでも、マスコミに俺のことが知られたら珠理が困る。俺、そんなの耐えられないから」

「そうじゃない。違うんだ湊」

「何が違うんだ？　変な酒を飲んでトリップして、こんなことになっただけだ。さっきのは、まあ、そのときの残りみたいな……」

「湊、俺と一緒に病院に行こう。そうなんだよ、俺が気づかなきゃいけなかったんだ。志藤のかかりつけなら、夜間対応をしてくれるはずだ」

そう言って、今度は違うところに電話をかけようとする珠理に「病院ってなんだ！」と大きな声を出した。

「こんな時間に病院に行ってマスコミに知られたらどうする！　具合が悪いのは俺だろ？　昨日から俺の体はおかしかったんだ。大丈夫、一人で行ける。珠理に迷惑はかけられない」

「一人で行かせられるわけがないだろう？　とにかく、玲子さんに車を出してもらう」

「俺、帰る……っ！」

「待って、湊」

寝室から出ようとした湊の腕を珠理が掴んだ。

触れ合った場所が火傷をしたように熱くて、湊はビックリしてその場にしゃがみ込んだ。

「なんで？　俺、また……珠理に触られて…………また、体がおかしい……」

珠理はすぐさま手を離したが、熱は湊の体の中にじくじくとたまっていく。

「なんで……？」

途方に暮れて見上げると、珠理も少し頬を染めて唇を噛んでいた。彼の体からとてもいい香りがして、湊は深呼吸をして大好きな匂いを肺に納める。

「ごめん、湊。病院で、ハッキリさせよう。明日、病院に行こう。そうすれば、ちゃんとした対処法があるから。俺の体の変化もそれで分かる」

珠理の顔も赤く、彼はスマートフォンをソファに向かって投げた。

「なあ、もしかして……俺、珠理に……病気、うつした？　ごめんな、俺の方がごめんな……俺にできることを言ってくれ。傍に寄るなって言われたら、許されるまでずっと遠くから見守る。俺も病気が治るように治療頑張る。治るよな？　変な病気じゃないよな？　もし珠理が死んだら、俺も死ぬ……っ！」

もう泣きたい。好きな相手に変な病気をうつしていたなんて最悪だ。

湊は目に涙をいっぱい浮かべ、「ごめん」と繰り返す。

「バカ、そんなんじゃない。立哉もそう言ってた。まあ、医者じゃないけど、あいつはあいつで博識だから。ね？　俺は死んだりしないよ、湊」

「珠理……セックスしたい。珠理のちんこ欲しい。体が苦しい……っ」

「俺も、湊の中に入りたい。湊の体を舐め回して味わいたい」

瞬く間に息が荒くなって、服を着たまま体をまさぐり合う。

二人はもう、セックス以外は何もできなくなっていた。


翌朝。

珠理に呼ばれて車を出してくれた玲子は、彼らが後部座席に座った途端に、「まるで恋の香水ね」と言ってすべての窓を全開にした。

「なるほど、こういうわけね。これは一大事だわ」

彼女の言葉に、湊が「俺のせいです。ごめんなさい玲子さん！」と何度も頭を下げるが、玲子はバックミラー越しに湊に微笑んで見せる。

「湊君は何も気にしなくていいのよ？　病院で検査を受ければ、あなたの不安もすぐに取り除かれるわ」

玲子は「ね、珠理」と彼に同意を求めてから車を発進させた。

珠理が「うちのかかりつけだから」と連れてこられた大病院の正面入り口を通り過ぎ、病院裏手にある各界著名人用の「特別受付」の前で車から降りる。

すでに連絡を聞いていた白衣のスタッフが、「大丈夫ですよ」と言いながら湊と珠理を出迎えてくれた。

玲子は「いろいろと連絡するところがあるから、あとでそっちに行くわ」と言ったので、二人きりだ。

はたして医師はすぐにやってきて、二人は専門の医師の診察を受けることとなった。

もっとも珠理は問診だけで、湊は問診よりも先に、採血から始まるいくつかの検査を受けることになった。病院の地下検査室を、スタッフに連れられて移動し、すべての検査が終わったのは正午を回ってからだ。

予約もなしに早朝から検査を受けられたのは「志藤家」という名家が動いてくれたからだろう。これはとても特別なことだ。湊は心の中で珠理と彼の家族に感謝をし、改めて医師の元に行く。

銀縁眼鏡の三十代半ばの医師は、淡々とした声で湊に細かな質問を投げかけ、湊がそれに答えていく。

最後に、数日前から体調に変化があったことを伝えて、検査の結果が出るまで別室で待機となった。

その部屋は高級ホテルのティールームのようで、玲子が湊たちのために紅茶をサーブしてくれた。絨毯《じゅうたん》はふかふかだわ調度品は素晴らしいしで、湊は立哉の職場に行ったような気分になる。落ち着かない。

「こんな豪華な部屋でいいのか？　珠理が一緒だからか？　それなら納得できる」

「久瀬家と志藤家の……つまり俺たちの家族も来るからだと思う。別の部屋で待つことになるんじゃないかな？　うるさいと嫌だよね。玲子さん」

すると、皆そうに茶を飲んでいた玲子が「その通りです」と言った。

「……なんで？　俺の病気はそんな酷いものなのか？　まだ診断結果も出ていないのに？　それとも隔離病棟に入るための手続き……！」

派手な人生を送ろうなんてこれっぽっちも思ってなかった。地味で平和な一生が一番なのだ。なのに今、もの凄く嫌なタイミングで自分の人生にスポットライトが当たっている。

湊は青い顔で「仕事と住まい、何もかもが一変するんだろうか……」と声を震わせた。

自分は大丈夫だと言い聞かせても、事実「変化」はあったのだから、なんらかの病名は付くだろう。自分のことで珠理に迷惑がかからなければいいのだが。

「湊、手が冷たい。お茶を飲んで気持ちを楽にしよう」

ふと珠理に両手を握られて、自分の手が緊張で冷たくなっていることに気づいた。

「そうだな……。お茶、飲んだ方がいいよな……」

「うん。玲子さんが二杯目を飲むくらいだから、きっと凄く旨いんだよ。湊も気に入る」

珠理が優しくて泣きたくなる。

玲子さんが「はいどうぞ」と湊のためにお茶を用意してくれた。


「まず先に、結果をお伝えします。久瀬さんはオメガです」

医師の言葉の意味が分からない。

湊は数回瞬きをして、「え？」と首を傾げた。

「あなたは、ベータではなくオメガなのです。いや、オメガになった……と言った方がいい」

やっぱり意味が分からない。

二十五年間、ベータとして暮らしてきた。アルファの名家である久瀬家の一員なのに、湊だけがベータとして生まれた。家族はとても優しかった。湊自身も自分だけがベータだと気にしないようにしてきた。けれど、心のどこかでは疎外感があった。

それが、今度はオメガだなんて。

湊は「嘘だ」と言ったあとに、慌てて右手で口を押さえる。

「オメガ性変性症、と言います。症例はそこそこあるのですが、みな十五歳以下の未成年で、投薬によりスムーズにオメガに移行します。久瀬さんのように成人してから発症する例は極めて少ない」

「……あの、俺はベータで、オメガになんてなった覚えはないです」

「ですから、検査で調べました。この病院のオメガ性検査の水準は、とても高いのですよ、久瀬さん。認めたくない気持ちはよく分かりますが、検査結果のすべてが、あなたをオメガだと言っています。体から香りが漂うのは、初めてのヒートのせいでしょう。アルファはオメガのこの香り、フェロモン臭といいますが、これに抗うことは難しい。そしてオメガも、アルファのフェロモン臭には抗えません。体の方が性交の準備に入ります」

待ってくれ、待ってくれ。そんなことを言われても、俺は……。

心臓の鼓動が激しくなり、視界がどんどん狭くなる。指先が氷のように冷たいのが分かった。椅子に座っているのに貧血で倒れてしまいそうだ。

「湊」

珠理が背後から湊を支えて立つ。

「何があっても、俺がいるよ。大丈夫だから」

珠理の体温を背中に感じて、ようやく生きた心地がした。何度か深呼吸をしていくうちに視界ももとに戻っていく。

「……一般的なオメガ男性は、体格は華奢《きゃしゃ》で生殖器は小さい。けれど久瀬さんはベータとして二十五年間を過ごしました。ベータとして生きてこられた経験が、あなたを苦しめることもありましょう。オメガのコミュニティを紹介することもできますので、いつでも相談してください。発情抑制剤を処方しましょうね。番がいるのであればそれに越したことはありませんが、久瀬さんのような場合は」

医師の視線が一瞬珠理に向けられた。

「それは……」

「俺がサポートします」

珠理の言葉に、湊は首を左右に振る。彼にそんなことはさせられない。

医師が再び珠理を見た。

「俺はアルファです。彼のサポートは完璧にこなせると思います」

「それはよかった。では、今一度、オメガについて説明させていただきますね」

医師はタブレットを取り出して湊に持たせる。

やめてくれ。見たくない。こんなものを見るくらいなら、自分の住まいに帰って頭まで布団を被《かぶ》って寝てしまいたい。現に今も、眠くて仕方がなかった。

現実逃避からくる急激な睡眠欲に苛まれつつ、湊は辛うじてタブレットを持った。

そこには精密なイラストで、アルファ、ベータ、オメガの身体的特徴が描かれていた。

医師が画面をスワイプすると、今度は鮮明な局部画像を見せられる。

オメガは男女の別なく体格が華奢で小柄な者が殆《ほとん》どだ。加えて男性オメガの性器は幼少の頃から大きさは変わらず、勃起時の大きさも変化がないと説明された。繁殖に特化した体とはよく言ったものだ。

「俺の体は一般的なベータの体です。オメガとは違います。未成年が発症した場合は、画像のオメガ男性のような体格になっていくんですか？」

「ええ。数年で徐々に変化し、最終的にご覧の画像のようになります。オメガ性変性症を患う少年少女は、もともと小柄というのもありますがね。そして、さきほどもお話ししたように、成人男性のオメガ性変性の症例は極めて少ないのですが、そこまで極端な体の変化は見られないようです。よろしかったら、こちらで成人の症例をまとめたものを送りましょうか？」

医師の提案に、湊は首を左右に振る。代わりに珠理が「俺に送ってください」と言った。

「では、後日郵送させていただきます。では、次に抑制剤の説明をしますね」

医師は大きく頷いて、カラーコピーされた薬剤の説明書を、湊ではなく珠理に渡す。

そこから、薬の説明を聞き続けて三十分。

「薬局が開いたらもらっておいてください。緊急用の抑制剤ですから、それ以外に乱用しないように」と処方箋を受け取って、ようやくすべてから解放された頃には、時計の針は朝の七時を回っていた。

特別に検査をしてくれた医師たちには感謝しかないが、湊はこんな現実は知りたくなかった。

「俺がいるから大丈夫」

「……気持ちだけでいい。お、俺は……オメガなんだから、アルファの珠理は近づくな」

「いやだね」

「なんでだよ。珠理はオメガが好きじゃないだろ？」

「湊だから好きだよ」

すごく嬉しいけど、信じられないほど嬉しいけど、でも、自分の世話を珠理にはさせられない。珠理はこれから写真集が発行されて、来年には大人気ハリウッド映画のシリーズ第二弾に出演するのだ。余計なことで気を煩《わずら》わせたくない。

珠理の気持ちは、親友に対する義務感のようなものだ。きっとそうだ。湊は心の中で自分にそう言い聞かせる。

別室に戻ったら、とりあえずお茶を飲もう。緊張で喉が渇いて仕方がない。

「部屋で少し休んでから帰ろう。両親には会いたくない？」

会いたくない、ではない。会わせる顔がない。

どこの世界に、成人してからオメガになった息子を持ちたいなんて親がいるか。

オメガを差別してはいけないと、そう思っていたのに、いざ自分がその立場になると話は変わる。それに、自分を産んでくれたオメガの親にも申し訳がない。

ベータを産んで散々落ち込ませてしまったのに、その子供が今度はオメガになったと知ったら……その先は考えたくなかった。

ため息をつきながら部屋に戻ったら、そこにはいつの間にか両家の家族が揃っていた。

湊の産みの親である懍《りん》が、湊に駆け寄って彼の手を握り「申し訳ない。俺のせいだ」と今にも倒れそうに青い顔で謝罪する。

「悪くない。懍さんは、悪くないよ。こんな病気になった俺が悪いんだ。懍さんはアルファの兄さんを産んだじゃないか。凄いことだよ。俺のことで気に病んじゃだめだ」

「でも、湊。お前に、しなくてもいい苦労を……させてしまうよ」

「大丈夫。どうにかなる。俺には頼もしい友人がいるから。なあ、珠理」

本意ではない。今はただ、懍を悲しませたくなくて、湊は珠理に話を振った。

珠理もそれを分かって「俺がいますから、大丈夫」と微笑む。

「……珠理さんがいてくれるなら、これほど安心できることはないよ」

「そうよ湊。あなたのオメガ性がなんであろうと、久瀬家の一員であることは変わりない。あなたは私たちの息子だから。困ったことがあったら頼りなさい」

アルファの両親が懍を両側から支え、湊に微笑みかける。

兄も湊に「お前は俺の弟だから安心しろ」と言ってくれた。

世間では名家として立派な姿を見せていても、ここではどこにでもいる仲のいい家族だ。

「俺……病気でオメガになったみたいなんだけど……久瀬家の一員でいいのか……」

それにはアルファの両親と兄が「当たり前だ！」と声を荒げた。

「珠理……俺、思ってたよりこれから先、生きていけそうな気が、してきた……。でもまだ不安でいっぱいだけど、それでも……」

「俺が傍にいるって、何度も言わせないでね？　湊」

珠理の優しい声に、すべてを任せたくなる。湊は、たった数時間でずいぶん弱くなってしまった自分の心を自嘲し、それでも、おずおずと珠理のシャツの裾を掴んだ。

「……珠理は湊君を番にするのか？　ならば早くしなさい。私は賛成だ」

二人の様子を見て、志藤家の現当主であり珠理の父が手放しで歓迎する。

「そうなの？　これは素敵だわ……っ！　可愛い赤ちゃんがいっぱい生まれそう……！」

珠理の母など、すでに遥《はる》か未来に思いを馳せている。

珠理の兄は「子供の頃から好きだったもんな。よかったな珠理」とニヤニヤ笑い、その妻は「初恋が実るなんて凄い！」と素直に感心している。

とにかく、みんな好き勝手騒いで埒《らち》があかない……と思われたそのとき、ただ一人冷静に場を見つめていた玲子が、パンパンと手を叩いた。

いきなりの大きな音で、みな静まりかえる。

「みなさん、落ち着いて」

「あなたはほんと、昔から冷静よね。でも、助かったわ」

珠理の兄嫁が、自分の妹に感心した。

「そうだったな。あ、志藤君、これから新しい家族としてよろしく頼みますよ」

「こちらこそよろしくお願いします、久瀬さん。ところで今度、家族でこれ行きましょうよ、これ」

志藤父は両手で竿《さお》を持つ仕草をし、久瀬父も「いいねえ、うちで船を出すよ」と笑顔になる。

湊と珠理の仲がよかったことから始まった両家の交流は現在も穏やかに続いていた。

母たちは、オメガの懐を加えて最近の趣味について語りあい、兄たちは「俺たち本格的に親戚になりそうだな」と今後の展開を楽しそうに語っている。

湊は一人置いてきぼりにされたままだ。

どうしてみな、そんな明るい未来を話せるのか理解できない。湊は今、こんなにも不安でこれからの具体的な生活など少しも考えつかないのに。

「あの、ちょっと、勝手に話を進めないで」

珠理の声に、皆がこちらを注目する。そして珠理が湊の前に跪《ひざまず》いた。

「湊」

湊は目を丸くして、自分の右手が珠理の両手に包まれる様子を見つめる。

「久瀬湊さん、志藤珠理と結婚してください」

突然のプロポーズに、家族が息を呑む。

二人の母たちは何か言わなければと思ったようだが、それぞれの夫に止められた。

そりゃそうだ。今ここで何を言う？　「おめでとう」なんて言われたら俺は死ぬぞ。

湊はきゅっと唇を噛んで視線を両親から逸《そ》らした。

自分はついさっきまでベータというオメガ性に縋っていたのだ。

ベータとして生まれて、名家とは繋がりがないように見せて、今まで地味に暮らしてきた。

湊の今の複雑な心境は、アルファの家族には分からないのだ。彼らは生まれながらのアルファで、よきアルファとして生きてきた。

産みの親の懐は生粋《きっすい》のオメガで、湊がアルファと早々に番になることが幸せだと思っている。

アルファとオメガはそういうものなのだ。これからのためにも決断は早い方がいい。

多分誰も悪くない。

悪くはないのだけれど。

「無理だよ、珠理。俺は……珠理と結婚できない」

アルファはオメガを番にするが、結婚はアルファ同士で行う。

今の湊はオメガだ。

番になるならともかく、オメガの湊と結婚をしたら、珠理の将来に悪影響を及ぼすのではないかと思ってしまう。

番にするのではなく「結婚」となると話は変わるのだ。

結婚するということは、珠理のパートナーとしてさまざまな公の場に行くこともあるだろう。現に湊の両親も名家の親睦《しんぼく》を深めるためのパーティーに夫婦揃って参加している。慈善事業の寄付金集め等のパーティーを主催することもある。

湊もよく「こういうパーティーは家族も参加するものよ」と言われて、アルファばかりの集まりに連れて行かれたことが何度もあった。

あのときの、アルファたちの悪気のない「ああ君はベータなのか」という視線と態度を思い出すと、今でもいたたまれなくなる。子供ながらに「自分がいるべき場所ではないのだ」と痛感した。

陰で両親が「久瀬家のところは、ベータを産んだオメガを、番の解消をせずにずっとお世話するそうよ」「うちなら、オメガとその子供に養育費と生活費を渡して、番を解消して家から追い出すけどね」「あそこのご夫婦はお優しいから」と、久瀬家を妬んでいる名家や成り上がりのベータたちに笑われていることを知ったときには、産みの親の懐ではないが申し訳なくて死にたくなった。

だから、湊を「妻」に迎えたら、珠理もきっと陰で酷いことを言われるだろう。しかも彼の職業は俳優だ。根も葉もない酷い記事を、面白おかしく書かれることも出てくる。ゴシップ雑誌は、嘘であっても面白ければ売れるのだ。

珠理がどんな風に育ってきたか湊は知っている。

多趣味で、なんでもそつなくこなす年の離れた兄と違って、したいことがなかなか見つからずに焦っていた頃の、少しひねくれた珠理も知ってる。芸能界に入って、水を得た魚のように才能を発揮した珠理を知ってる。ずっと傍で見てきた。「俺はファン一号だぞ」と胸を張って言ったら、涙目で「嬉しい」と言われて、こっちが泣きたくなった。

ずっとずっとずっと大好きで、これからもずっと好きだ。

そんな珠理が、自分のせいでバカにされ、笑われるなんて、湊には耐えがたい。

「……珠理に迷惑がかかる。今まで以上にマスコミに追われてしまう。プライベートでゆっくりさせてやれない。俺は、病気でオメガになったベータだ。珠理のせいで病気になったわけじゃない。だから……」

湊は首を左右に振って、唇を噛んで珠理を見た。

珠理は最初、断られると思っていなかったようで「どうして?」という表情で湊を見上げていたが、やがて頷き、そっと立ち上がる。

「俺は大丈夫だよ。でも、湊がそう言うなら、俺のプロポーズはなかったことにしよう」

「ごめん、珠理」

ずっと好きだった相手にプロポーズされたのに、イエスと言えずに首を左右に振るなんて、この世に神様がいるなら、なんでこんな酷《むご》い仕打ちをするのだろう。

「俺の方こそ………焦ってしまってごめんね」

珠理が湊の右手を握り締める。

彼の手と触れ合って、湊は自分の掌にぐっしょりと汗を掻いていることを知った。

「……湊の返事はノーのままなの？」

「私たち、湊君がオメガでも構わないのよ？　だってあなたのことは子供の頃からよく知っているもの」

母たちが困惑している。

アルファなのに、なんていい人たちなんだろうと思う。でも、湊は無言で俯《うつむ》く。

父や兄は小さなため息をつくと、「こっちが勝手に盛り上がってもな……」と言った。

「俺が軽率だった。……湊はオメガになったばかりだ。しかも、病気でこういうことになった。だから、湊が気持ちを受け入れられるまで……静かに見守りたいと思います。どうか、湊を見守ってやってください。お願いします」

珠理が両家の人々を見つめながら言い、それから、深々と頭を垂れる。

何かを考えるより先に、湊の目から涙が溢れた。

二十五歳にもなって親の前で泣くとは思わなかった。泣き顔を隠すことも忘れ、湊は珠理の手を握り締めたまま、子供のように大きな声を上げて泣いた。

「湊、ごめんなさい。本当にごめんなさいね」

産みの母と育ての母に両側からぎゅっと抱き締められて、気持ちがだいぶ落ち着いてきた。

「………平気。俺の方こそ、いい年をして泣くなんて恥ずかしい」

まだ目がウルウルする。バカみたいに泣いたので、きっと明日は頭が痛いだろう。まぶたも腫《は》れているに違いない。

湊はハンカチで顔を拭い、父たちと話をしている珠理を見た。

自分はどれだけ彼に迷惑をかけたら気が済むのか。珠理の気持ちを思うと、胸の奥が苦しくなって、どうしていいか分からなくなる。

「湊」

珠理が笑顔で近づいてきた。

「……なに？」

「一つ提案があるんだ。湊の気持ちと体が落ち着くまで、俺のマンションで一緒に暮らさないか？」

気持ちが落ち着くまでなら、むしろ俺は珠理と一緒にいない方がいいのでは？

湊は珠理の提案に目を丸くして「なんでだ……？」と言った。

「俺は湊のことを知ってる。だから傍で対処できる。立哉も顔を出しやすい。……俺の仕事も、来年の映画のクランクインまでは単発のものばかり。そうマンションを空けたりしない。どうかな？」

「……俺が、一緒に暮らして、珠理に迷惑は……」

「かからない」

「でも、もしも……」

「そんなことを考えてたら、何もできない。お願いだから、俺と一緒に暮らしてよ湊。それ以外は何も望まないから」

珠理が眉を下げて、可愛い顔で「お願い」と言う。

「そんな、可愛い顔で……お願いするなんて、ずるい」

自分の家にいて、産みの親の懐からオメガのことを習うのが、きっと一番いいのだ。彼はオメガの幸せについてよく知っている。でも。

「大事な親友のために考えたことだ。俺の提案に頷いて」

「……そう、だな」

あの、嵐のような欲望だけが先走る中のセックスも、嬌声代わりの告白も、ついさっきの珠理の告白もすべてなかったことにして、湊は小さく頷いた。

俺はまた片想いに戻るんだ。ただ、それだけだ。

「そうだな、しばらくよろしく頼むよ、珠理」

今の湊にできるのは、周りを安心させるために微笑むことだった。


「何かあったら、絶対に知らせるのよ」と母たちが言った。

兄は「喧嘩《けんか》するなよ」と笑顔で、湊の肩を優しく叩いてくれた。

父は「何もかもじっくり決めなさい」と言って頭を撫でてくれた。

湊の病気の件で朝から病院に呼び出されて大変だったろうに、こうしてみんな優しい言葉をかけてくれる。

玲子の車で珠理のマンションに戻ってからも、ああまた泣きそうだと思ったら涙が零れた。

「……五歳の子供になった気分だ」

あれだけ親の前でわんわん泣いたら、そりゃ扱いは子供に戻る。湊は小さく笑い、珠理の差し出したミネラルウォーターのペットボトルを掴んだ。

一気に半分ほど飲んで、「ぷは」と息をつく。

リビングのソファに腰を下ろして、湊は「今日の珠理はいろいろと恰好良かった」と笑った。

「まあ、うん。湊の前だから恰好つけたかったし」

珠理が湊の隣に腰掛け、「俺にも一口ちょうだい」と言ってペットボトルに手を伸ばした。

「そろそろよろしいかしら？　二人とも。……これから作戦会議をします」

玲子が、二人の前に仁王立ちして腕を組む。

なんの作戦会議か分からないが、湊は玲子が言うのだから必要なことなのだと解釈した。

「病院にはすでに志藤家と久瀬家が『今回のことは内密に』と根回しをしているから大丈夫だと思いますが、安心はできません。二人とも、よろしい？」

湊と珠理は頷く。

「さて！　珠理が、オメガと暮らしているという話が漏れたらどうなるかしら。想像してみてもらえる？」

玲子の問いに、湊は「俺が一番心配していることになる」と言った。

珠理がパパラッチに追われ、ゴシップ記事の中心で世間を賑《にぎ》わせることになったら……と、そこまで考えて湊は気持ちが悪くなった。

「そんなのだめだ。俺のせいで、珠理……が大変なことに、ごめん、やっぱり俺は、ここに来るべきじゃなかった。俺、実家に帰るから。そうすれば珠理は」

「待って！　湊！　玲子さんの話を最後まで聞いて」

「だって、俺……も、頭の中、余計な言葉は入らない……っ」

情けないが、涙が勝手に出てくる。

「そうよ。私は湊君を泣かせたいわけではありません。むしろ、あなたの安全を再確認するために聞いてほしいの」

彼女が向かいのソファに腰掛けて、湊ではなく珠理をじっと見つめる。

「今まで、どんな些細《ささい》なインタビューでも『結婚するつもりはありません。番は欲しくないです。俺は結婚に向いてない』と念を押すように言っていた珠理が、オメガと一緒に暮らしていることが知れたら、世間はどうなるかしら」

珠理が「あー……、まあ、うん、騒ぎ出すね。確実にね」と眉間に皺を寄せる。

「ええ。マスコミは探し出すでしょうね。志藤珠理のハートを射止めたオメガを。いえ、この場合は、ハートを射止めたではなくフェロモンで搦《から》め取った……かしら」

「そうか、それはだめだ。湊のことを知られたくない」

アルファの久瀬家にベータとして生まれただけでもマスコミは充分食らいつく。それだけでなく病気でベータからオメガに変化したと知れたら、どれだけ騒がれるか。

単に同じ学校の同学年だったというだけの人間が「中学のとき隣のクラスだったけど……」とさも知っているかのように湊を語る。「まさか、そんな病気を患うとは思いませんでした」と、名前しか知らない連中が、面白おかしく喋るのだ。

そしてファンは、「そんなおかしいオメガが、志藤珠理と暮らしているなんて」と不快に思うだろう。

「珠理ならもっと他に相手がいるのに」「趣味が悪い」「珠理、好きだったのにー」「そんな気持ち悪いオメガと一緒になるのあり得ない」……と、湊は珠理に対する攻撃を想像して目の前が暗くなる。

元からオメガならまだしも、病気でオメガになった人間は、珠理には相応しくないのだ。

「………そうだ。珠理のために、俺の素性は絶対に知られちゃいけない」

湊は背中に冷や汗が垂れて目の前が暗くなる。息がしづらい。恐怖で血が下がっていくのが自分でも分かった。

そんな湊の肩に、珠理の手がぽんと置かれた。それだけなのに、そこから温かさが体に浸《し》み渡り、視界がクリアになっていく。瞬く間に呼吸が楽になった。

慌てて珠理を見ると、彼は人なつこい笑みを浮かべて湊を見た。

「玲子さん。俺のスーパーブレーン。俺は何をすればいいかな」

「今のあなたはハリウッドのオーディションで役を射止めたときと同じ表情をしているわね。とてもいいわ。素敵。二人の同居はマスコミに嗅ぎつけられないための忠告。とても簡単よ。いつも通りに過ごして。特別なことはすべて余計なことだと思いなさい。スーパーに行っても買う食材は一人前。服を買うのも自分のだけ。珠理は、ここで一人暮らしをしていて、やってくるのはマネージャー兼エージェントの私と、子供の頃からの友人である高橋立哉と久瀬湊。そして、志藤家の人々だけ。珠理はいつも通りのタイムスケジュールで過ごす」

湊は「食材が一人前？」と首を傾げたが、玲子が「以前、どう見ても一人前じゃない量の食料を買ったところを記者に見られて、恋人が発覚したアイドルがいたの」と教えてくれた。

なるほど。なるほど……そこから発覚するのか！

湊は何度も頷いて、手の甲で涙を拭った。

「湊君。一つ訊《き》きたいことがあるのだけれど」

「はい」

「職場には、あなたは今、具合が悪くて入院している……と伝えてあるのかしら？　久瀬のおばさまがそんなことを言っていたけれど」

「そうです」

この状態では職場に戻れないと、久瀬家で判断してそうなった。

「『退院』したとしても……アルファの顧客や、優秀なベータの顧客には、あなたがオメガだと分かります。そういうものなの。そこで、退院したら自宅療養しているということにしましょう。退職するか否かは、追々考えればいいと思うのだけれど、どう？」

「そうですね。……今の俺には、そんな先のことは考えられませんので、玲子さんと実家にお任せします」

できればなんらかの形で復職したいが、これはもう自分の体との相談になる。湊は、今は、親身になって考えてくれる玲子の指示に従おうと思った。「心配かけて申し訳ない」と知らず知らずに頭を垂れる。

「よろしくお願いします。俺、どうしていいか本当に分からなくて、指示してもらえて凄く嬉しい。ありがとう玲子さん」

「何言ってるの。顔を上げてちょうだい湊君。あなたの方が何倍も大変なのは分かっています。ここでのんびりと気持ちを落ち着けさせてね？　珠理に不満があったら、なんでも言ってください。私が対処します」

「大丈夫。珠理は……とてもいい奴です。俺の大事な親友です」

親友、と言うたびに胸に針を刺したような痛みを感じるが、これでいいんだと言い聞かせる。

「……そうだとも。俺だって湊を大事に思ってる。玲子さんにも感謝してます。これからのこと、本当にありがとう」

「そう。だったらエージェントとしての契約料を上げてもらおうかしら。私の趣味はもちろん知っているわよね？」

「うん。貯金でしょ。契約料は玲子さんの好きにしてください。俺、これから先もずっと玲子さんのマネージメントで仕事をしたいんだ」

すると玲子は優雅に右手の拳を振り上げて「承り《うけたまわ》」と言った。冷静な顔だがとても喜んでいるのが分かる。

「まるでドラマのようなあなた方二人の人生、数々の障害を乗り越えてハッピーエンドを描いていただきたいわ。私たちもそれを望んでいます」

珠理が深く頷く。

「では私は帰ります。食材が足りないときはネット通販を利用してくださいね。分かっていると思うけど、荷物を受け取るのはあなたですよ？　珠理」

「分かってるよー」

暢気に返事をする珠理の横で、湊は彼女に深々と頭を下げた。


「今日からここで、しばらく一緒に暮らすことになるんだね」

玲子が去ったあとも、二人はソファに並んで腰を下ろしたままだ。

「ああ、勝手知ったるなんとやら……だな」

湊は「泣いたから頭が痛い」と付け足して、眉間を右手の親指で押す。

「あのさ」

珠理が前を向いたまま、「俺たちに起きた多大なアクシデントについてだけど……」と話し始めた。

「おう」

湊も、前を向いたまま返事をする。

向かい合わせになっていないと、ずいぶんと話しやすい。

「俺の頭がバカになったあの香りは……湊のフェロモンだったんだなと思う」

「ああ……そうだな、俺はオメガだから、アルファを誘う香りを出す。だから珠理が俺に誘われた。そういや、珠理もいい匂いがしたよ。あれが、オメガが感じるアルファの匂いなんだな。……俺、これからヒートが来るたびに、きっと珠理のことを思い出す」

薬局で発情抑制剤を受け取った。

非常時には十数分で効くという、強い錠剤だ。

生まれたときからオメガなら自分のヒート周期は把握できるだろうが、オメガになったばかりの湊は、自分の周期を知るために、非常時にしか薬は飲めない。

珠理の唇も指も、いや、何もかもを知ってしまった今、一人でヒートに耐えられるか不安だが、苦しいからと言って珠理に縋ってばかりもいられない。

「薬を飲めば、一人でも……大丈夫だ」

「あのね、湊」

「だからさ、珠理は、もし俺がヒートに入っていい匂いがしたら、申し訳ないが部屋を出てくれ。珠理にはちゃんとしたオメガの番が必要だ」

「……湊は、何もかもなかったことにしたいの？　俺はいやだよ。だって、今だって湊は甘い香りで俺を誘ってる」

珠理の両手が絡まってきて、湊はそのままソファに押し倒された。

「オメガになったばかりだから、フェロモンがダダ漏れってヤツか。ヒートのときのオメガとはまたちょっと違うね」

「ヒートのオメガに会ったことあるのか？」

「うん、大学のときに何度か。あんな思いは二度としたくない。周りのベータは『アルファが助けてやれよ』ってはやし立てて、オメガの子は『助けて』って寄ってくるし……」

珠理は湊の首筋に顔を埋《うず》めて、「俺が好きなのはこの匂いだけ」と言う。

「俺の体は、今ちょっと調整中みたいなもんだから。そのうち、ヒート以外で匂いはしなくなる。それまで我慢してくれ」

「我慢しなくても……俺はずっと湊の匂いを嗅ぎたいよ」

「珠理は我が儘だな」

「うん。湊のことに関してはね」

湊は「バカだなあ、珠理は」と言って小さく笑った。

「……まあいいや。とりあえずは、湊の部屋を作ろう」

「え？」

珠理が「これから、一人の時間が必要になるだろうから」と言って、２ＬＤＫのうち空いていた部屋を一つ、湊の部屋にしてくれた。

湊や立哉が泊まりに来たとき使っていた部屋で、普段はマットレスしか置いていない。そこに珠理が、枕やシーツや羽毛布団、ブランケットを持ち込んで寝室らしくした。

「夏だから、マットレスにシーツでいいよね？　あと、床にラグマットを敷けばいいか」

「それより俺、眠いからちょっと寝ていいか？」

昨日のセックスで体はもうとうにガス欠なのだ。今は珠理の傍にいても体が疼くことはなくて、とにかく、目の前のマットレスに寝転がりたい。

「寝ていいよ」

「うん」

言うが早いか、湊はその場でマットレスに転がって、頭からブランケットを被った。

「珠理……」

「ん？」

「腕の傷、早く治るといいな」

珠理は何も言わずに、湊の背を優しくポンポンと叩いてから、部屋を出た。

喉が渇いたからと、深夜に水を飲みに起きた湊の目に、明かりを消したリビングでイヤホンを着けてテレビを観ている珠理が映った。

生乾きの髪のまま、体にフィットする半袖のTシャツにボクサーパンツ姿でソファを背にして床に腰を下ろし、長い足を放り出した姿で見ているのは海外ドラマで、英語字幕が出ている。

彼はこっちに気づかず、唇を動かしていた。聞こえて来るのは日本語ではなく英語。

湊は冷蔵庫から麦茶の入ったボトルを取り出して、二つのグラスにたっぷりと注ぐ。両手にグラスを持って近づいたところで、珠理がようやく湊に気づいた。

「英語の勉強?」

グラスを一つ渡して尋ねると、珠理は頷きながら「ありがとう」と言う。

彼はテレビを消して、湊と一緒に麦茶を飲んだ。

「クランクインまでに、よりネイティブに追いつきたいんだよ。台本も読めるしコミュニケーションも取れる。ただ細かい発音がね……」

「文句言われたのか?」

「いいや。自分で気になったから」

いつだったか、夜のニュースバラエティーに出ていたベータのコメンテーターが「アルファは努力など必要ありませんから」と言って他の出演者たちの同意を得ていたシーンを思い出した。

　彼らは、努力するアルファを知らない。

　湊は、両親や兄がいくつになっても新たなことを学び、それを駆使して事業を拡大するところを見てきた。でも「何も知らないのだ」とベータをバカにはできない。アルファは自分の目標に到達するための努力は、努力として認識していないから、他者にとっては遊んでいるように見える。

　立哉は「なんたって、彼らはアルファだからね」と笑った。立哉は立哉で、自分の目標に向かって日々邁進《まいしん》することに苦痛を感じないタイプなので、理解できるのかもしれない。

「……俺は、全然だめだな。いつかはKUZZEの旗艦店のマネージャーになり、バイヤーと一緒に世界の市場へ買い付けに行きたいと思ってたんだけど」

　あんなに覚えた煌びやかな宝石の名や石の性質が、頭の中で霞《かす》んでいく。

「俺、いつか……珠理に宝石を選んでやりたいと思ってたんだ。珠理がつけても負けないくらい綺麗に輝く石を、自分で選びたかったな」

「オメガだからもう何もできないって？」

「まあそこは、諦めるしかないだろ。それでも、何か宝飾に関わる仕事ができればいいと思ってる。この際だから、家の名も使えるだけ使わせてもらおうかな……って。もう少し体が落ち着いてから考える」

「それがいい」

珠理が小さく頷いて、湊の頭を乱暴に撫で回す。

「何が起きても、俺が傍で支えるよ」

「……地味に生きていこうと思って、最近まで成功してたんだけどな。でも、そうもいかないみたいだから」

「俺はこれからも湊をサポートするよ。だから、そのうち、凄い宝石をプレゼントしてね？ 楽しみに待ってる」

「だからそれは……」

「いやもう、聞いちゃったし。ある意味プロポーズ？ みたいな？ 嬉しいなあ。湊が選んでくれる宝石ってどんなものなんだろう。カフスかネクタイピンか、ペンダントやネックレスもいいな。でもやっぱり……指輪が一番嬉しい」

「…………そうか」

珠理が左手の指をすっと伸ばして「こっちの手につける」と笑う。

「ここかよ。まいったな……」

ああ、手入れの行き届いた綺麗な手だな……と思って両手で触れた途端、心臓が脈打つ大きな音を聞いた。

火がついたように体が熱せられて、下着に包まれた性器が硬く勃起し欲望を露《あら》わにする。珠理の目に欲望が宿り、自分が香るのが分かった。

「湊」

「ほんの少し触っただけなのに」

湊はその場にへたり込んで、体を震わせた。

珠理からとてもいい香りがする。

珠理が微笑みながら湊に手を伸ばしてきた。力任せに抱き締められて体が疼く。

「オメガになったばかりの湊には、俺との接触は毒だね」

「珠理……俺……っ」

「分かってる。俺が、湊を満足させてあげる。好きなだけ欲しがって」

「珠理、ごめん……っ、俺。こんなこと、させたくないのに」

「謝らないで」

耳元に「大丈夫だから」と囁かれて、それだけで後孔から愛液が溢れた。

「俺はオメガで、発情期はこうなるのが、当然、なんだよな……？　珠理」

「そうだよ。ほら、その清々《すがすが》しい果実の匂いで俺をもっと誘惑してくれ」

湊はそっと珠理から距離を置き、膝立ちで下着を太腿まで下ろす。透明な愛液がいくつも糸を引いて下着に滴り落ちていく。

陰茎も勃起したまま先走りを溢れさせていた。

「珠理の傍にいるだけで、もう、こんな恥ずかしいことになってる。前も後ろもこんなに濡れて……珠理が欲し」

最後まで言えなかった。

激しい欲望に濡れた目の珠理に乱暴に押し倒され、前戯もないままいきなり挿入される。

とろとろにとろけて二人の区別がつかなくなる感覚が再び訪れた。

溶けて重なり、混ざり合って、快感を享受《きょうじゅ》する得体の知れない生き物になった感覚。

「湊、気持ち、いい……っ」

珠理が眉を寄せて出す声が気持ちいい。

アルファとオメガはセックスのたびにこんな気持ちのいい思いをするのだろうか。それとも、自分たちだけなんだろうか。

珠理にも聞いてみたい気持ちになるが、きっとセックスが終わる頃には何を聞くのかも忘れているだろう。

珠理が腰を動かすたびに、快楽の波で真面《まとも》な思考が奪われる。

「ひ、ぁ、ああ、あ……っ」

フローリングに叩き付けられた痛みなど大したことはなかった。それよりも、珠理の陰茎に突き上げられ、腹の中に一気に広がっていく快感が苦しい。

「あ、あ、あ……っ、そこ、やだ、そこは……っ」

「覚えてるよね、湊の体は。ここが凄くいいって。今も、俺を締め上げて喜んでる」

腰を掴まれて小刻みに揺さぶられると、中がよすぎて愛液が溢れた。太腿を伝って床に滴り落ちる愛液は桃の香りによく似て、二人を一層興奮させる。

「珠理、中、もっと奥っ、お願いだ、奥に……っ、もっとちょうだい……っ」

「俺の子供、妊娠する？　ねえ、湊。ここで、受精するの？　俺の子を孕む？」

珠理の右手が下腹を撫でた。

「あ、ああっ」

それだけで、湊は射精してしまった。けれど萎えることなく、すぐに硬く勃起する。

「可愛い声で出したね」

珠理の指で鈴口を何度も撫でられる。そうされるのはたまらなく好きだが、今は、もっと乱暴に突いて精液を注いでほしかった。

大量の精液で体の中が満たされないと湊は快感で苦しいままだ。

「珠理、お願いだ、中に……」

涙目で見上げると、珠理が乾いた唇を舐めながら湊を見下ろしていた。

美しいアルファだ。

オメガなら誰しも望む極上のアルファだ。

「珠理の精液、中に注いで」

「ああ。好きなだけ、あげるよ」

右足を持ちあげられて珠理の肩に引っかけられた。この恰好だと繋がりが深くなる。

「は、ぁ、あ……っ」

両手で腰を強く掴まれ、闇雲に奥を突かれる。肉のぶつかり合う音と粘りけを帯びた水音がリビングに響き、湊の耳をいやらしく犯していく。

「も、そこ、珠理、いい、凄く、いい……っ、腹の中、凄い……っ」

「湊、可愛い。凄く可愛い」

だらしなくよがり泣いて腰を振る姿を可愛いと言ってくれるのが嬉しくて、湊は「もっとちょうだい」と珠理にねだる。

「いいよ。今、あげる、から……っ」

珠理が快感で上擦った声で言い、激しく腰を使って湊の中に射精した。一息つく間もなく、湊の腹の中で珠理の陰茎に硬さが戻った。

「まだ足りないよね?」

「あ、あ……っ、待って、珠理、俺、ちょっと……」

「待てない」

「腹の中で、イッちゃうからっ、だめっ、すぐイッちゃう、おかしくなるっ、だめっ」

中で達すると延々と快感が持続して逆に辛い。

なのに珠理に「イッてる湊、可愛い」と言われて揺さぶられ、強制的に何度も絶頂させられた。

オメガになって間もないのに、珠理に激しく愛撫されて悦《よろこ》ぶ。

「おかしくなっちゃう湊は可愛い」

「可愛く、ないっ、ひゃ、あっ、あああ、もうやだっ、だめ、珠理のちんこ、だめっ」

「嘘ばっかり。湊は俺のちんこが大好きだろ？　中をいっぱい掻き回して可愛がって、精液注いであげるから、絶頂してみせて」

「や、あ、あ、あ、あああああああっ！　あああああっ！」

ガンガンに奥を突かれて絶頂し、腰が勝手に揺れる。達しているのになおも肉壁を突かれて足がつんと伸びて指先が曲がった。

「もっと、イッてみせて。俺に見せて連続絶頂。俺の可愛い湊。こんないやらしく腰をくねらせて、俺を誘うなんて最高だ」

「またイくっ、イッちゃう、イッちゃうっ！　射精したいっ、出したいっ！　ひ、あ、ああっ！　妊娠するっ！　孕むっ！　こんなにイカされたら孕むからっ！　だめだめだめっ！　イッてるからっ！　俺もうイッてるっ！」

湊ははしたない声を上げながら、強制的に連続絶頂して珠理の陰茎を締め付け、精液を腹の中で受けとめる。

「お腹いっぱい？」

囁かれても首を横には振れなかった。

辛いのに、もっといやらしいことをしてほしいと願ってしまう。

「足りないけど、少し、休みたいかも……」

腹の中の珠理の陰茎が、熱く脈打っているのが分かる。

「ごめん、珠理……」

「これくらい我慢できるから、謝らなくていいよ」

「………アルファって凄い」

「それ、違うからね？　湊が大事だから言ってるんだからね？　俺以外のアルファだったら、湊は散々酷いことをされて、それから……」

途中まで言って、珠理はばつの悪そうな顔で湊からそっと体を離す。

「あ……」

後孔から愛液と精液が溢れるのが分かって、「勿体ない」と思わず右手を伸ばしたが、珠理に腕を掴まれた。

「湊の尻から溢れる精液、見せて」

「ばか、そんなこと……言う、な……」

溢れて滴り落ちていく様をじっと見つめられているうちに、珠理の手で体中を触ってほしくてたまらなくなった。

「珠理……」

「どうしたの？」

分かっていて、わざと聞いてくる。

「俺の体、全部……どこまでも……珠理に触ってほしくて……」

「それから？」

「気持ちよくして、ほしい」

休憩したいはずなのに、発情している体はひたすら珠理を求める。

「俺ももう我慢しなくていい？　早く湊の中に入りたい。湊がイッてるときに突き上げると、きゅうきゅう締め付けてくるんだ。それが凄くよくてたまらない。湊の腹の中が気持ちよくて、何度でも射精したい」

「珠理は、俺に発情させられてるから」

「相手が湊だからだ」

珠理の指先が汗ばんだ胸に触れただけで、湊の体が快感で震える。そのまま両方の乳首を摘《つ》まれた。ゆるゆると引っ張られると腹の中が疼いて腰が勝手に揺れる。

「は、ぁ、だめ、珠理、そこだけ弄るの、やだ。乳首はだめだ、引っ張らないでくれ」

「イきそう?」

耳元に囁かれて耳を甘噛みされた。よすぎて泣きたい。

足の指でラグを波立たせ、両方の膝頭をモジモジと擦り合わせてもどかしさを訴えた。

「声に出して、湊。ね? 俺、湊が恥ずかしいおねだりをするの聞きたい」

「……ぁあ、あっ、も、休まなくていいからっ、珠理のちんこちょうだい。突っ込まれながら乳首弄られたい。引っ張ってから胸ごと揉んで。酷くしてもいいから、珠理の手でいっぱい気持ちよくなりたいっ!」

両手を伸ばして珠理を抱き締めようとしたが、それより先に珠理に抱き締められた。

左足を掴まれた拍子に体が横になる。左足はそのまま珠理の左肩に担がれ、露わになったとろとろの後孔に熱く滾《たぎ》る陰茎が押しつけられた。

「んっ、ぅ」

焦《じ》らすようにゆっくり中に入ってくる陰茎を、下腹に力を入れて締め上げながら喘ぐ。陰茎がただ入ってくるだけで気持ちいい。さっきよりもずっとよくて、挿入されるたびに体の中がオメガに変化していくような錯覚を覚えた。

「痛かったら言って、すぐやめる」

珠理の声は、湊に対する気遣いとアルファとしてオメガを責めたい欲望が絡み合っている。

「俺が、お前をそんな風にしてるんだな……。いいんだ。好きに動いてくれ」

アルファはオメガのフェロモンに欲望を触発される。それは本能だ。

珠理が、ある程度自制できたのは湊のためで、普通のアルファならこうはいかない。

「ごめん……ごめんね？　湊」

「いいんだ。平気だ。オメガなら……耐えられるよ」

好きな人が与えてくれるものだ。苦痛だって喜んでみせる。

湊は息をついて体の力を抜く。珠理の陰茎がより深く湊の中に入った。

「は……っ」

奥を広げるように、何度も角度を変えて突き上げられる。そのたびに太い針で刺されるような苦痛に襲われるが、それと同じぐらいの快感も得た。

体が痛みを快感へと変化させている。この痛みも、そのうちなくなっていくだろう。湊の腹の中は、珠理の陰茎にどこまでも犯されて、絶頂へと向かう疼きに支配されていく。

「ひ、ぁ、ああっ、あああっ、あっ、そこ、奥……っ、奥っ、突かれたらっ、俺っ」

腹の中で達するのは、もう体が覚えた。珠理に「湊の感じてる声、可愛い」と言われて恥ずかしかった。

でもこの疼きは、それとは違う気がする。

「男が一番感じるところはここなんだって。だったらオメガの男も気持ちよくなれるよね？　ちゃんと当たってる？　痛くない？」

「あ、当たってる……っ、当たってるよっ！　だめ、これ以上だめっ！　怖い怖い、もうやだっ！　痛くないからもうやめてくれっ！」

腹の奥を拓《ひら》かれ、突き上げられ、嬲られて感じる。

体が悦び、とろとろと濡れて愛液が溢れた。珠理が腰を動かすたびに結合部で愛液がいやらしく泡立ち、飛び散り、または糸を引いて滴り落ちていく。

頭の中は珠理とのセックスでいっぱいになる。

もう苦痛もなくなって、珠理の激しい動きに身を任せるだけになった。

「湊、ほら、一番奥で感じて。俺に絶頂するところを見せて」

「う、ぁ、あああああああああっ！　ああああああ！」

乞われるまま絶頂に至った。

自然と涙が溢れて唇から感極まった声が出る。

なおも激しく腰を使って、珠理も遅れて射精した。だが、彼の陰茎は瞬く間に硬度を取り戻す。くそ、と己に悪態をついて、再び腰を打ち付け始めた。

「あっ、あああっ、イッてるっ！　俺イッてるっ！　だめ、そんな奥、広げられたらっ！　俺、だめ、も、許してくれっ！　イッてるっ！　だめだめだめ……っ、だめ……っ」

よすぎて苦しい。こんな腹の奥で感じてしまうなんて恥ずかしい。腰が勝手に揺れて、はしたない。

「あっ、またイくっ！　あ、あ、あ、あ、ああああああっ！　も、許してっ！　許してくれっ！　頭おかしくなるっ！　奥弄らないでっ！　やだっ、珠理のちんこやだっ！　俺、こんなにイッてんのにっ！　やめてっ！　もう、許してくれっ！」

懇願しても珠理の動きは止まらず、湊が最も感じる肉壁をひたすら突き上げてくる。

愛液と汗にまみれた体で珠理を見上げると、目が合った。

美しい男の欲望にまみれた目を見て欲情する。視線に犯されて、「ああ！」と声を上げて簡単に達してしまう。

最初はよすぎて苦しいだけだった連続絶頂が、今は違った。

「だめだ……っ」

これではまったく足りないと、体が訴えてくる。

体が浸《つ》かるほど珠理の精液をたっぷりと受け止めたい。そうしなければ、体はずっと疼いたままだ。与えられるすべてを感じて身悶《みもだ》え、アルファを悦ばせて精を搾《しぼ》り取り、孕みたい。

自分の体がまったく別の何かに変化していくようで恐ろしい。

「珠理、なんか、おかしい……っ、俺の体……っ」

気持ちよくて気持ちよくて、もっともっと責め立てられたい。むしろ、腹が膨らむほど射精してもらわないと辛いとまで思った。

「よすぎて、変になった……？　俺、珠理の精液、もっと欲しいって思った。セックスも、これじゃ足りないって。さっきまでイきすぎて辛かったのに……」

珠理がため息をついて湊の中から陰茎を引き出した。

「大丈夫。おかしくないよ。湊の傍には極上のアルファ……俺がいるから、オメガの体になっていくのが早いんだろうね」

「俺の気持ちはまだベータなのに、体はすっかりオメガだ……」

湊は体を起こして、じっと珠理を見つめた。

「体ばかりが変わっていくと、気持ちが追いつかないから不安だろうけど、湊の傍には俺がいる。だから、俺にしてほしいことはなんでも言っていいんだ。今も疼くよね？　もっといっぱい、奥で絶頂したいよね？」

頬に触れる珠理の指が気持ちいい。

湊は「続きをしてほしい」と声を震わせて、珠理の前で脚を広げて見せた。


どれだけセックスをしても精根尽きないというのがヒートの凄いところだと思う。

初めての発情期が終わって約二ヶ月。

季節は初夏から真夏へと移り変わった。

湊は、診断してくれた医師が送ってくれた「オメガ性変性症」を患った成人の資料を読んで目を閉じる。

資料が到着したのはずいぶん前の話だが、湊は当初、数ページ開いては閉じるということを繰り返して、ちゃんと頭に入れなかった。というか、入らなかった。

ちゃんと向き合わねばと、再び最初のページを開いたのは、初めての発情期が終わって、一週間も過ぎた頃だ。

一日か二日に一ページを読み終えるという超スローペースの湊に、珠理は「無理しなくていいんじゃない？」といつも暢気に微笑んで見せる。

まだ最後までは読めていないが、それでも読んで分かったことも多い。

「義務教育で散々習ったと思ったんだけど、忘れていたり言葉が難しかったりして覚えられなかったんだな」

それにまず、当時の湊はベータであったので他人事だった。

「ヒートの期間は、アルファもオメガも絶倫になるんだよね。正確に言うと、オメガのフェロモンがアルファを絶倫にするんだけど。自分が体験してようやく納得した」

珠理が腕を組んで感慨深そうに頷いていたのが印象的だった。

湊が気にしていた珠理の左腕の噛み傷は、それを見て卒倒しそうになった玲子に病院に連れて行かれて然《しか》るべき処置をした結果、今は綺麗さっぱりなくなった。

「怪我をしてたのは知っていたけれど、こんなに酷いとは思いませんでした。本当にもう勘弁して。噛みたくなったら餅でも噛んでいなさい」

玲子に真顔で注意された珠理が「餅ってなんだよ」と言い返したら、「焼く前は固いでしょ」と笑われた。

珠理は、写真集の撮影やインターネット有料チャンネルの出演などで忙しかったが、玲子が無理のないスケジュールを組んでいたようで、毎日ちゃんと帰宅した。

さすがにスタッフとの打ち上げには参加したが、一次会で解散する。二次会に誘われても「肌の手入れと台本読みします」と真顔で言えば、誰も文句は言わなかった。みんな、珠理が現場に入る前に完璧に台本を頭に入れてくることを知っているからだ。

そもそもアルファの珠理が、ベータやオメガのスタッフの誘いを断れないわけがない。

珠理がスケジュールを淡々とこなしている間に、湊にも変化があった。

『玲子ちゃんから話は聞いているけど、念のために、そのマンションの部屋を一つ、借りておいたわ。とりあえずマンションの住人になっていれば、珠理君と一緒にいるところを写真に撮られても言い返せるんじゃない？』

母が電話でそう言ってきたので、「なるほど」と任せることにした。肩代わりしてくれる家賃は、生活が安定したら返していくと言ったが「水臭い子ね」と叱られてしまった。

湊にしたら仕事の件でも迷惑をかけたのに、これ以上は……という気持ちだったのだが、母によって「これは久瀬家に任せてちょうだい」で終わる。

湊の仕事は、KUZZE旗艦店の従業員から日本公式サイトのライターへと変わった。

オフィスで身に着けるアクセサリーのコラムを不定期連載している。

実物を見て書きたいなと呟いたら、それを聞いていた珠理が「俺がいろいろ買ってきて付けようか?」と提案したが、丁重に辞退した。どうしても実物を見なければ書けないコラムでない限り、公式のカタログでどうにかなる。

それでなくとも、大学を卒業してからずっと旗艦店で働いてきたのだ。スタイリングならできる。

エアコンで適温に保たれた部屋の中で、湊はソファに寝転がってテレビのリモコンを操作する。「オメガ性変性症」の資料は、夕方から読もうと決めた。

「あ。ラブサーチだ」

通販会社のCMに出演している「ラブサーチ」は、整った容姿とキャッチーな歌で安定した人気がある、全員男性オメガのアイドルグループだ。

どうして湊が知っているかというと、去年ファッション雑誌で珠理と対談をしていて、珠理のことをずっと褒めていたからだ。

奇抜な衣装で歌い踊るラブサーチのメンバーは、小柄で華奢というオメガらしい体型で、美形揃いだ。アルファの名家が何人か番にしているという話も聞くが、彼らのうなじに番の噛み痕はまったく見えない。

　オメガが自分の意志で就ける職がとても少ない中、芸能界や美術界……アーティストやクリエイターと呼ばれる人々の業界だけは別で、オメガ性なんて関係ない。才能があればそれでいいという建前がある。

　少しでも自分に才能があると思ったオメガは、その業界のドアを叩いて足を踏み入れていく。そこで成功できなくとも末席につき、番う相手を見つけたいオメガも多い。

　湊は「オメガの勝ち組」を見ながら、「芸能界は凄いな」と独りごちる。

　湊のうなじにも、まだ噛み痕がない。

　珠理はどんなに激しいセックスをしても、湊のうなじを噛むことはなかった。それが当然だと思っていても胸が痛む自分は、ずいぶん我が儘だと思う。

「いいんだこれで」と自分に言い聞かせていたところで、キッチンカウンター横で充電していたスマートフォンからＳＮＳのメッセージ音が聞こえた。

　慌てて駆け寄ると、相手は立哉。

『うちのホテルでサマーランチブッフェが始まる。よかったら食べに来ないか？　珠理はどうせ仕事だろう？　暇なら来いよ』

　湊は笑顔で「行く」と文字を打つ。

　すると立哉は「明日の昼、十三時は？　予約が、テーブル一つ空いてる」と聞いてくる。珠理が来週まで帰りが遅いので、立哉の提案に乗ることにした。

発情期が終わってから、やはり立哉に秘密にはしておけないと珠理と二人で話し合い、まだ自分の口から「俺はオメガだ」と言いづらかった湊に代わり、珠理が立哉に話してくれた。

すると立哉も「やっぱりな。そうだと思った」と冷静に頷いたので話は早かったそうだ。

珠理が何を喋ったのかは分からないが、立哉は変わらぬ友情を誓ってくれた。

本当にありがたいと思う。

湊は「それで予約を頼む」と字を打って、最後に「ありがとう」のスタンプを押した。


「立哉とランチをするのは分かった。楽しんで。帰りにホテルのパティスリーでケーキを買ってきてよ。あそこのショートケーキは旨い」

夜も十時を回ってから帰宅した珠理は、湊の話を聞いて「ケーキ」と笑顔になる。

「……一つ千五百円もするケーキだったよな？　確かに旨いが……贅沢《ぜいたく》……。いや、アルファの珠理には必要だな。そのキラキラした美形度を保たなくてはならない」

「何言ってるの。俺は湊とキスできれば、いつでもキラキラだよ」

「そういう冗談はやめろ」

「そんなこと言わないで、ただいまのキスをさせて。今日の俺はとても頑張りました！」

ジャケットをソファの背もたれにポンと放り、湊に向かって両手を広げる仕草が様になっていて、思わず見惚《みほ》れてしまう。

「まあ……ここになら、どうぞ」

珠理のおふざけに、湊は笑いながら右頬を向けて「どうぞ」と言った。

「え？　そこ？　なんで？　俺、ちょっと意味が分からない……」

珠理は、すん……と真顔になって首を横に振り、しまいには両手で顔を覆って「違う」と泣きそうな声を出す。

「凄い演技力だな」

「ありがとう。……じゃなくてっ！　キスと言ったらお口だと思うんだけど」

「いや、だって……俺のヒートはまだちょっと先だ」

「……湊は俺とキスしたくないの？」

珠理は顔を見せて、人差し指で湊の唇に触れた。

発情していなくとも、好きな相手に触れられればどきりとする。湊は、そっと離れていく指を名残惜しそうに追った。

「………珠理」

「やっぱり、ヒートじゃないとだめ？　無理強《じ》いはしないけど……」

「無理強いは俺の方だろ？　ヒートのときに恥ずかしいぐらいガッついて、あり得ないほど我が儘言って、珠理にたくさん迷惑をかけた。いくらサポートだと言っても、あんな……恥ずかしいことをさせてしまって、申し訳ない。珠理だって、俺があまりに恥知らずなことをしたから、困ったよな」

自分で言っていて恥ずかしい。

湊は頬を染めて珠理から視線を逸らした。

「待って。湊待って。……すっかりないことにされてるけど、俺はお前に告白したんだよ？　大好きな相手のヒートのサポートなんだから、喜んでするに決まってるよ」

「でも、そのプロポーズは、一旦白紙に戻した」

「うん。俺たちが同居するためにね。あの頃の湊は不安定だったから、俺が恋や愛を前面に出しちゃいけなかったんだ。でも今は」

湊は首を左右に振って、「珠理は名家のアルファと結婚して、華奢で可愛いオメガと番になるんだ。俺の世話は気にしなくていい」と言った。

言えるうちに、ちゃんと言っておかなければと思ったのだが、珠理は酷く傷ついた顔で湊を見る。

「なんで、そんなこと言うの？　湊だって俺が好きだと言ってくれた」

「……珠理が傍にいてくれたお陰で気持ちも落ち着いた。さすがにこれ以上の同居は無理だよ。

今までありがとう。感謝してる」

自分は上手く笑えているだろうか？　そんなことを思いながら、湊は冷静に話を続ける。

反対に珠理は、信じられないほど狼狽《ろうばい》し、体を震わせた。

「何言ってるの？　俺は……俺たちは……互いに好き合ってるんだ。だから俺は、湊と離れないっ！　離れてどうするんだよ！　嫌だよ！　そんなこと言わないで！」

「……なあ珠理。聞いてくれ。俺はオメガだ」

湊は珠理をソファに座らせ、自分はその前に跪く。

「そして珠理はアルファだ。……俺のことをそこまで思ってくれているなら、どうして、セックスのときにうなじを噛まなかった？　俺のことを番にしなかった？」

珠理の責任感の強さと友達を思う気持ちが深いことは、よく知っている。でももう、ここいらが潮時だ。この先どうするか、ハッキリしておきたい。

「それは」

「俺たちは親友同士だから、この先、何かが起きて気まずくならないように、そうしたんだろう？　俺に気を使わなくてもいいし、俺に対して責任を取らなくてもいいんだ。珠理のサポートはもう必要ないよ。ヒートのときの愛の言葉なんて信じちゃだめだよ。俺はこの先きっと、珠理以外のアルファにも好きだと言ってセックスをするんだ。自分の快感のために言うんだ」

珠理が唇を噛んで、湊を睨《にら》んでいる。

こんな怖い顔の珠理は、初めて見た。でも、珠理のためにもハッキリ言わなければならない。珠理を、解放してあげないと。

緊張からか視界が歪んで、珠理の顔がだんだん見えなくなっていく。

「だったら……なんで……っ！」

突然両手で頭を掴まれ、逃げようにも逃げられない。

「なんで湊は……泣きながら言うんだ……っ！」

指摘されて初めて気づいた。

指で目元を拭うと温かな液体で濡れた。視界も一瞬クリアになる。

「……珠理は俺に付き合わなくていい。世話をしなくていい。珠理には俺よりいい人が現れる！　絶対に幸せになる！　俺が傍にいなくても大丈夫だ！」

「なんで湊が、俺の未来を勝手に語るんだよ。俺の幸せを語るんだよ。そんなの全然、俺のためなんかじゃないよ！　俺は湊が一緒にいてくれないと幸せになれないよ！　湊が俺の未来で俺の幸せなんだよ！　俺の幸せが、勝手に俺から逃げるなっ！」

バカだな、珠理。お前こそなんで泣くの。

湊は珠理の涙を両手で丁寧に拭ってやる。

珠理は涙を零して、「責任なんかじゃない。好きなんだ。ずっと湊の傍にいたい。分かってよ」と繰り返す。

「玲子さんにも言われたろう？　俺の存在が珠理のスキャンダルになるんだ」

「それで俺が潰れると思ってる？　だったら湊は俺のことをまったく分かってない」

「違う。珠理の未来のために、余計なものを排除したいだけ」

「どうして湊は、自分のことをそんな風に言うの？　俺の大好きな人のことを酷く言うなんて絶対に許さない。湊だって許さない。子供の頃からずっと好きだった。湊が、初めて俺の手を繋いでくれたときからずっと……」

「……なんで、俺のうなじ、噛んでくれなかった？」

珠理は長いまつげに涙の粒を載せて瞬きした。

「プロポーズをして、頷いてもらってからじゃないと噛めるわけないだろう？　俺は湊をお嫁さんにしたいんだから。番の方はどちらかというと、そのオマケ……」

珠理の視線が、ふと、ずいぶん薄くなった左腕の傷痕に移る。湊もつられて珠理の左腕を見た。

「え？」

湊はふと、珠理の左腕の傷を思い出した。

「まさか……」

初めてのヒートに翻弄《ほんろう》された夜のこと。

あのとき、オメガの本能に溺れた自分は珠理になんと言った？

突如、鼻の奥がツンと痛くなった。

湊は声を震わせて「なんてことだ」と呟く。

「だから、腕の傷か？　俺のうなじを噛まないように自分の腕を噛んだのか？」

抗えない本能の性衝動の中で、それでも、辛うじて残っていた理性でもって。

「……………うん。あのときの感情に流されたくなかった。自分の体がどうなっているのか分からない湊に、俺は噛みつけない」

ああなんてことだ。

湊は、自分がこんなにも大事にされていたことをようやく思い知った。

淡々とした珠理の言葉の端々に、湊を思う気持ちが添っている。

それにくらべて自分はなんだ。

うじうじと勝手に悩んで、落ち込んで、まるでバカだ。いや正真正銘のバカだ。

胸の奥に刺さっていた小さな棘《とげ》が、あっという間に消えてなくなった。悩んでいたのが恥ずかしいほどの、子供っぽい理由だったとは。

「ありがとう。……あ、ありがとう、珠理」

「うん」

「俺、ほんとバカだ……」

思わず笑ってしまったら、余計涙が零れた。

可愛くて泣き虫だった子供は、こんな綺麗に成長しても、やっぱり泣き虫だ。

「ずっと俺と一緒にいてよ……離れたらいやだよ湊……っ」

綺麗な顔で涙を零すこの男が、どうしようもなく愛《いと》しくて愛しくてたまらない。

「俺でいいのか？　正直俺は、心配で不安で……手放しで喜べないんだ」

「大丈夫。それは俺の問題だ。俺が、何を言われても動じないほどのスターになればいいってことだから。近い将来、湊の心配も不安もなくなるよ。だから、俺を信じて」

「そう……だな。俺、珠理のこと……どんだけ信じていなかったんだろう。ごめん。殴ってくれ。俺は傲慢《ごうまん》だった」

珠理のことを大事に思うあまり、信じることを忘れてしまっていた。自分が傷つくことが嫌で、ずっと俯いていた。

湊は今、ようやくそれに気づく。

自分のせいで珠理に迷惑がかかったとしても、彼ならきっと、それすら踏み台にしてのし上がるのだ。だから湊は、それを最前列で見守っていけばいい。

俺の好きになった男は、こんなにも強いのだと信じて。

「殴らないよ！」

「でも俺は、ずっとウジウジ考えて……自分が傷つくことばかり恐れて……最低な男だ」

「病気でオメガになったんだ。傷つかないわけがない。それに俺も、ずっとウジウジ考えてました。おあいこだよ」

珠理がにっこりと笑う。

それだけで許された気持ちになってしまうのだから、珠理の笑顔の威力は凄い。

待ち合わせの五分前に、SHIDO TOKYOのスカイラウンジに到着した。

受付横には「サマーランチブッフェ」の華やかなウェルカムボードが飾られている。

平日の昼間だが、すでに結構な人数の客が集まっていて、人気の高さが窺《うかが》えた。

誰がベータで誰がオメガなのかまったく分からなかったが、そんなことを気にしていては、旨い料理も味気のないものになる。今は楽しむことを考える。

湊は紺のスーツを着ていたが、もう少しカジュアルでもよかったかもなと小さく笑う。今まで外出はスーツが多かったので、この恰好が一番安心するのも確かだ。

受付にラウンジの従業員が立ち、予約客の名を呼び始める。

笑顔で「楽しみ！」と言いながら店内に入っていく女性客を微笑ましく見つめながら、湊は立哉が来るのを待った。

「湊。ごめん。引き継ぎがちょっと遅れてしまった」

ホテリエの黒のジャケットを脱ぎ、上はワイシャツにネクタイ姿の立哉が、笑顔で現れる。

「俺もさっき来たばかりだ。でも、腹は減ってる」

「うん。俺も減ってる。……ん？　顔つきが今までと違うな。何かいいことがあったか？」

「鋭い。席に着いてから話すよ」

「ほう。それは楽しみだ。では中に入ろう」

立哉にエスコートされて店内に入る。彼はここの従業員とは親しいようで、「高橋さん」と声をかけられていた。


「何度も言うが、ここの料理は本当に旨い……。これでシャンパンもブッフェ料金に入っていれば言うことがない」

湊は、皿に盛った冷菜やパスタ、魚介を平らげ、ジャガイモのポタージュを飲み終えたところで別料金のシャンパングラスを片手に上機嫌だ。

窓の向こうには素晴らしい眺望があるというのに、それには目もくれない。

「ははは。そんなことしたら、採算が合わない。しかし、元気でよかった」

立哉は、桃やグレープフルーツを使ったケーキを五種類ほど載せた皿を前にして、湊を見て嬉しそうに目を細める。

「ああ。今はまったく問題ない。その、これからも……大丈夫だ。結婚や番に関しては、今のところはまったくの白紙状態だが、ずっと一緒にいようと話し合えた」

「そうか。珠理と上手くいったか。別れ話が出てたらどうしようかと思った」

「……っ！」

せっかくのシャンパンを噴き出すかと思った。

湊は冷や汗を掻いて目の前の親友を見る。

「こういうのも、雨降って地固まるというのかな。俺は珠理の愚痴にも長いこと付き合っていたんだ。あいつは意中の相手の名前を隠そうともしなかったがな。いつもいつも俺に電話を寄越して、泣き言を言っていた。あの麗しのアルファがだ」

「申し訳ない。本当に……申し訳ない。そして今までありがとう」

何も言わずに話を聞いてくれたことがありがたい。

湊はグラスをテーブルに置いて深々と頭を下げる。

「お前ら二人が三十歳まで互いを思ってて独り身だったら、俺がくっつけてやらなきゃだめだなと思っていたよ」

「なぜ三十……」

「人生の、一つの区切りとして……みたいな？　そっちが落ち着いたら今度は俺のパートナー探しを手伝ってくれないか？　可愛い子がいい。可愛くて小さい子。性格は難有りでもいいんだ。俺が躾《しつ》けるから」

「おい立哉。目が笑ってないぞ。犯罪者になるなよ？」

「まあ、そこは大丈夫だよ」

「……珠理の知り合いに可愛くて小さなベータの子がいると思うから、今度、パーティーに一緒に行かないか？　……あ、パートナーの性別は？　どっち？」

「どっちでもいい。パーティーは楽しみだな。仕事の休みが合うなら行きたい。ほかのホテリエも誘っていいかな」

「ここのホテルの子なら大歓迎だろ。みんな洗練されてる」

「どうもありがとう」

立哉が嬉しそうに笑い、ケーキを順番に食べていく。

湊も「今度は肉を食べたい」と、シェフが切り分けてくれるローストビーフのテーブルに向かった。

外はパリッと中はジューシーな赤身のローストビーフに添えるのはマッシュポテト。その上からグレービーソースをかけてもらって、テーブルに戻る。

「これ、これだ……俺はこの肉が食べたかった……っ！」

「今日はローストビーフだろ？　ローストポークの日もあるんだ。アレもなかなかの旨さ。それと、一度モーニングを食べに来い。トリュフとフォアグラ入りのオムレツが出る」

想像だけでは味が分からない。次は珠理も連れて、モーニングを食べようと思った。

とりあえず今はローストビーフを平らげたら、立哉が旨そうに食べているデザートを取りに行くと決める。

と、そのとき。

湊のスマートフォンにSNSの通知音が鳴り響いた。

「あ。失礼」

湊はスマートフォンを取り出してアプリを起動し、メッセージの中身を読んで微笑む。

「なんだ、その幸せそうな顔は」

「珠理が仕事が早めに終わるから迎えに来るって。三時に、ホテルのロビーで待ち合わせだ」

「ちゃんと変装してくるだろうな？　このホテルは芸能記者もリポーターも出禁だ」

ケーキを食べながらムッとする立哉に、湊は「変装してくるって書いてある」と笑った。


確かに珠理は変装していたが、どんな恰好をしていてもキラキラと輝くオーラは零れ落ちてしまうもので、ロビーにいた客たちはちらちらと彼を見ていた。

ロビーには有名アーティストが作ったガラスの花束のオブジェがあり、その前で記念撮影をしていた旅行客も、思わず珠理を二度見する。

「スーツにサングラスってそんな目立つ？　このホテルのドレスコードにあってるよね？」

珠理が小声で言うが、立哉は「そういう問題じゃない」としかめっ面を浮かべる。

「仕方がない。湊を連れて帰るよ。また今度な、立哉」

「さっさと行け。これ以上目立つな」

立哉が渋い表情で言ったので、二人は手を振ってホテルを離れた。

タクシーに乗らずに、近くの地下鉄までのんびりと歩き、電車の中ではこれから公開される映画の話で盛り上がる。

「俺も英語をちゃんと勉強すると決めた」

「え？　湊だって話せるでしょ？」

「………お客様相手にならどうにかかな。でも字幕を追わずに映画を観たいし。アメリカに行ったら、きっとそうなるだろうし」

「俺と一緒にいずれはアメリカに行ってくれるってこと……？」

珠理がそう言ってサングラスを外したものだから、それまで我慢して沈黙を守っていた車内のファンが「キャー！」「珠理っ！」と歓声を上げた。

ファンに笑顔を振りまきながら地下鉄から降りて、仕方なくタクシーを捕まえて近所のスーパーで降ろしてもらう。

「あそこで珠理がサングラスを取るから……」

「いや、驚くところでしょ。俺は感動したよ。湊がそんなことを考えてくれていたなんて」

「語学は大事だって話だ」

「そうですけどー…………、あ、俺、アイスが食べたいからスーパーに寄ろう。コンビニで買うと高いんだよ」

こんな庶民的でもファンは「珠理のそういうところが可愛い」で済むのだから、珠理はやはり凄いなと思う。

「じゃあ、ついでに醤油《しょうゆ》と油も買おう。あと、みりんもそろそろ切れる頃だ」

「二人だから重いものを買おうって魂胆か、湊」

「そういうこと」

そして二人は特売で、お一人様一本までの醤油と油をそれぞれのカゴに入れ、みりんも忘れずに入れ、味噌も安かったのでついでにカゴに放り、お目当てのアイスをフレーバー違いで何個か買ってレジに並んだ。

レジに並んでる買い物客は、まさかアルファのスターも一緒に並んでいるとは気づかずに、自分のカゴの中をチェックしている。

レジ係は買い物客にあまり興味がないのか、とにかく目の前の商品のバーコードを素早く正確に読み取っていた。

湊が「これでしばらくは、調味料に困らないな」と言うと、珠理は「……どうせなら、豆板《トウバン》醤《ジャン》と甜麺醤《テンメンジャン》も買えばよかった」とため息をつく。

確かに中華調味料も割引販売をしていたが、湊は「ごま油と味噌と砂糖でどうにかなるだろ」と思っているので、「そうだなあ」と適当に相づちを打つ。

「適当な返事をしないで」

「ごめん。珠理の好きなナスの味噌炒めを作るから拗《す》ねるな」

「だったら許す。いっぱい作ってよ。明日の朝も食べたい」

「中華鍋いっぱいに作る」

「やった」

珠理が子供のように喜びながら、醤油と油の入ったビニール袋を大きく振った。

「珠理、それ、危ないから………あれ、なんだ?」

湊は途中で笑うのをやめ、自分たちの住むマンション前にたむろしている男たちを指さした。

「さあ。どこかの記者っぽいけど……うちのマンション、芸能人は俺だけだよ?」

「お前、なんかやらかした?」

「してない。もしここに記者が来るとしたら……」

「俺か」

珠理と湊が一緒に住んでいることが、どこからかバレたか。もしくは湊の病気のことだ。とうとう来たか。質疑応答などやったことないが、珠理と一緒ならきっとどうにかなる。湊はきゅっと唇を噛みしめて、物凄い勢いで駆け寄ってくる記者たちを睨んだ。

しかし。

記者たちは「珠理君！」「志藤珠理さん！」と大声を出しながら、ずいぶんと晴れやかな笑顔を浮かべていた。

「………………はい？」

「人気アイドルグループ『ラブサーチ』の甘城密実《あまぎみつみ》さんとお付き合いをされているそうですが、ひと言頂けますか？」

「とてもお似合いのビッグカップルだと思います！　出会いを教えていただけますか？」

「お友だちもみな祝福していらっしゃるようですが！」

意味が分からない。

珠理は目を丸くして「は？」「え？」と首を傾げている。

「もう！　珠理君、分かってるくせに！　これですよ、これ！」

やけに馴《な》れ馴《な》れしい記者の一人が、持っていたタブレットの記事を珠理に見せた。

そこには、珠理がゲスト出演したドラマの打ち上げの画像がネットニュースにアップされており、問題の画像もあった。その画像の下に「熱愛中の二人。出会いはこのドラマ？」と書かれている。

「なんだこれ」

湊にも見えたが、確かにそこには珠理と密実が一緒に映っていた。だからといって、特別親密な感じはしない。なにしろ、他にも大勢のキャストやスタッフが映っているのだ。

「あー……打ち上げに呼んでもらったときの写真ですね、これは。とても楽しいドラマですので、ＤＶＤ買ってくださいね」

珠理はよそ行きの笑顔で、向けられたカメラに手を振る。

「あの、そこのあなたはお友だちですよね？　珠理君と甘城君のお付き合いはどう思います？こんな素敵なカップルなら祝福しちゃいますよね？」

いきなり話を振られた湊は、思わず「あ、そ、そう……ですね」と当たり障りのない返事をした。そう言うしかなかった。情けなくてたまらなかったが、今は自分のことより、珠理をこの取材の輪から助け出さなければならない。

腕を伸ばして「珠理」と呼ぶが、カメラマンに「邪魔」と言われてはじき出された。

「甘城密実君との交際に関して、いろいろ聞かせてください。ご実家も喜んでいらっしゃるんじゃないですか？　甘城君みたいな可愛らしいオメガが家に入ることになって」

その瞬間、珠理の表情が変わった。

「申し訳ありません。俺は誰とも付き合っていません。こんな騒ぎになってしまって、逆に困惑していいます。後日、正式にコメントさせていただきますので、今日のところはお引き取り願います」

通りすがりの人々や、近所に住まう人々が「何事?」と顔を覗かせているのが見える。

なおも縋ろうとする記者に「ご近所の迷惑になりますので」と言って、一人で先にマンションの敷地に入った。

記者たちは「珠理君SNSやってるよね」「それ、チェックだわ」「事務所が何かコメント上げてくれるの待つか」「また密実ちゃんのところに行く?」と言いながら、カメラマンとともにその場から去って行く。

湊はすっかり忘れ去られていたが、この場合に限って言えばラッキーだった。

珠理のあとを追って部屋に入ると、珠理はすでにスマートフォンで玲子と話をしていた。

キッチンカウンターに買った物を置き、テレビのリモコンを掴んで電源を入れた。

夕方のニュースでも流しておこうと思ったが、タイミングが悪いことに内容が一般ニュースから芸能ニュースに切り替わったところだった。

最近デビューしたばかりのオメガ女子グループがフューチャーされている。

あー……オメガ女子って華奢で小さくて、守ってあげたい衝動に陥るな。可愛い。元ベータで今はオメガの俺だってそう思うんだから、アルファはもっと保護衝動に駆られるんだろうか。それとも、むしろそういう衝動はシャットアウトするのだろうか。

湊は今度、珠理に聞いてみようと思った。

ニュースは続けて、オメガ女性として日本で初めて女優の道に足を踏み入れ、波瀾万丈《はらんばんじょう》の一生を送った大女優の特集になる。

誰でも知っている大女優の話で、湊もつい目がいった。

だが。コメンテーターの中に甘城密実の姿を見つけて不愉快になる。

『僕たちの大先輩です。この方がいなかったら……僕たちオメガの未来は変わっていたでしょう。本当に素晴らしい方です』

爽やかな聞き心地のいい声に、大きな目、紅い唇。小さな頭に華奢な体。髪は短いのに、どこか少女めいた容姿のアイドルは、胸に手を当てて大女優の写真を見つめていた。

「こいつが珠理のスキャンダルの相手か。可愛いな。美少女にしか見えない……」

湊は、密実の綺麗に手入れされた指先を見て、それから自分の手を見て笑う。しっかりした男の手だ。オメガらしい華奢なところは一つもない。

「なんで湊が見惚れるのー。湊は俺のキラキラ顔が大好きでしょう？　俺の方が美形だし綺麗だし、こんな風に甘えてきて可愛いと思うよ？　俺の方が好きだよね？　俺の顔、好き？」

「俺が好きなのは珠理だけだ。絶対によそ見なんてしない」

「湊は俺の顔が好きだよね？　ね？」

「何を今更なことを言ってるんだよ。キラキラして大好きだよ。子供の頃から珠理だけだ」

「だったらなんで、あいつを見て『可愛い』とか『美少女』って言うの？　俺だって身長が伸びるまでは美少女だったと思うんだけど……」

「いや、ほら、パンダを見て可愛いと思うのと一緒だ。可愛い子を見て可愛いって思うだろ？　それだけ。他意はない」

「分かった。湊を信じる。ところで、あと十分で玲子さんが到着する」

そして十分後。

なんとも微妙な表情を浮かべてブリーフケースを小脇に抱えた玲子が、ブラウスにスリットの入った膝丈のスカート姿で玄関先に立った。

「玲子さん、今夜のメニューは肉野菜炒めと、掻き玉汁です」

「ありがとう、嬉しいわ。ちょっとバスルームを借りるわね。今日は熱い汗だけでなく冷や汗も掻いてしまったから、サッパリしたいの」

湊は無言で頷き、珠理は「ごゆっくり」と手を振った。

彼女が廊下の向こうへ行ったのを確認してから、湊は珠理の頬を両手で包む。

「お前のスーパーブレーンが来た。みんなで対策を練ろう。俺が傍にいるぞ、珠理」

湊はちゅっと珠理の唇に自分の唇を押しつけて、すぐに離した。

「……うん。湊が傍にいてくれて凄く嬉しい。それと、今のキス、おかわりが欲しい」

離れようとしたところ、腰を掴まれて引き寄せられる。そして今度は、珠理にキスされた。

うっすらと開いた唇の間から温かな舌が入り込んで、湊の舌を探り当てる。

「ん、うっ、んんんっ」

舌を軽く吸われ、口腔《こうこう》を舌先で弄られると、快感で下腹に熱が溜まった。

「もう、だめ」

「え？」

「今は、俺とセックスするよりも珠理のこれからをどうするか考えないと」

「ごめん。でも気持ちよかった」

ぎゅうきゅうと抱き締められて、謝罪される。

こっちこそごめん。本当にごめんなさい。

「珠理、夕食の支度を続けたい」

「うん。俺も手伝う」

珠理の方が実は調理が上手いので、湊はここは素直に「お願いする」と言った。

「実を言うと、まだ数名の記者がこのマンションを張っているの。志藤珠理の公式ＳＮＳにも、質問が来ていたわ。他はファンね。大体が『珠理君の選んだ人なら間違いないです』という前向きなものだけれど……私、正直言って、今回は、かなりムカついてます。汚い言葉を使ってしまいますが、くそったれという感じ」

玲子のこんな言葉を聞いたのは初めてで、それだけ彼女が怒っていると分かった。

彼女は、薄化粧にオーバーシャツとスリムパンツに着替えて食卓に座り、湊の作った料理を黙々と口に入れる。どれだけ腹が減っていたのか、それとも怒りが空腹に一役買ったのか、上品かつ一心不乱に大皿料理を平らげた。

湊が「おかわりどうぞ」と言うと、照れくさそうに空の茶碗《ちゃわん》を出してくるのが可愛い。本人に言ったら怒られるので口にはしないが。

「……で、玲子さんはどこまで知ることができたの？」

人間、腹が満ち足りると余裕が生まれる。

湊は、玲子に冷たい麦茶と水ようかんのデザートを勧めながら尋ねる。

「志藤家の力を借りて調べたわ。大手ウェブニュースを扱っている部署があったから、そこに協力を乞い、あの画像と情報がどこから流されたのか突き止めてもらいました」

「早い……！」

暢気に頷く珠理に、玲子が続ける。

「フリーのウェブ編集者が、あの記事をアップしたという話。ウェブ版が先で、雑誌の発売もするって。義兄《にい》さんは販売差し止めしようかと言ってくれたけれど、そこまですると逆に痛くない腹を探られそうなのでやめました」

「分かった。玲子さんは、正式に付き合ってませんとのコメントを俺の名前で各所に出してください」

「そのつもりだから、任せて。もの凄いお祝いムードなのが大変ムカつくわね。確かに本当に成立したらビッグカップルではあるけれども。……珠理はいつ甘城密実と親密になったの？」

玲子にじろりと睨み付けられ、珠理は首を傾げる。

「二人きりで話したことは一度もない」

極上のアルファに少しでも親切にしてもらったら、きっと一生の思い出になる。湊は、そういうことなのではないかと思った。

自分にも大いに心当たりがあるからだ。珠理が優しくしてくれたこと全部、一生の思い出にしようと思っていた時期があった。

「……去年、『ラブサーチ』と一緒にファッション雑誌で特集を組まれたときに会ってるけど、特別彼と仲良くした覚えはないんだよ。休憩時間に好きな食べものとか好きな服の話をして、そのうちご飯食べに行きましょうって言って、それっきり。よくある話」

玲子も「それじゃ分かんないわよ」と首を傾げる。

「もし彼が珠理のファンだったら、会って話をしてもらっただけで嬉しい。社交辞令であっても、食事の約束ができたら嬉しい。…………と、俺は思う。珠理のことをずっと好きだったんじゃないか？」

湊の言葉に、玲子が頰を引きつらせた。

「だとしたら、今回の元凶は彼ね。甘城密実。あの子の事務所は大きいし、オメガ支援の太客も何人もいる。そして彼自身に強力な支援者がいる場合、フリーの編集者たちを雇って偽記事を作るくらい造作もないわ」

「それで……周りが騒いで珠理が甘城のことを思い出してくれれば、甘城も話しかけやすいって思える。『迷惑かけてごめんなさい。今度はお詫びにご飯でも……』って。何言ってんだよ俺！　そんなの絶対に嫌だ」

湊は水ようかんを一口で食べ、「むう」と頰を膨らませる。

「あり得る話だわ。だけど向こうの事務所と話をしたら寝耳に水だったらしくて慌てていた。どうやら甘城密実の独断だったようね。緊急会議を開くそうよ。ただ、芸能人のアルファとオメガの結婚はおめでたい話題になるから、一般視聴者やファンの方々に上手く否定するのは骨が折れるかと……」

玲子は「うーん」と呻いたあとに、「少々早いけど、アメリカに行ってしまいましょうか？」

と困り顔で笑う。

「いやいやいや、玲子さん。それはだめだ。今回の件は、ちゃんと否定しないと。……それにはむしろ、別の大きな話題をぶつけてしまえばいいんじゃないかな？」

「たとえば？」

「俺には婚約者がいるって話を……」

玲子の目が丸くなり、湊が「はあ？」と声を荒げた。

「俺は湊と結婚したいから丁度いいと思いますが、玲子さん！」

「珠理に婚約者はいない。これ以上登場人物が増えたら混乱する」

湊は珠理の肩をペチンと叩いて突っ込みを入れる。

「……だったら、玲子さんがいる前でもう一度告白する。もう俺たちにはなんの障害もないんだから」

「今は、お前とアイドルのゴシップを解決することが大事だ。俺のことなんてそのあとでいい」

「でも湊」

突如目の前に、玲子の右手が見えた。

「ちょっと待って。あなたたちの関係が以前にも増して親密に見えるのですが。間違っていない？」

玲子の問いかけに、珠理が「間違ってません。話し合いの末に様々な誤解が解けて、俺たちの絆《きずな》は一層強くなりました！」と胸を張る。

彼女が視線を移し、今度は湊を見た。

湊もしっかりと頷く。

「把握しました。ふむ。……では、今回の騒動を早急に片づけましょう」

玲子の声に、湊と珠理は深く頷いた。


ワイドショーの芸能ニュースはもう見ない。

少なくとも、珠理のスキャンダルで騒がれているうちは。

リポーターや司会者が馴れ馴れしく珠理を語っていると、見ていて腹が立ってくる。デビューし立ての初々しい写真を見たときは一瞬嬉しかったが、それは一瞬の出来事で、コメンテーターたちが「美少年ですねー」「珠理君は恰好良いから」と褒め始めたのでイライラしてテレビを消した。

今では有料の映画チャンネルと一般ニュースしか見ない。

「……無性に腹が立つというか、気が短くなってるって自覚はある。ちょっとしたことで苛《いら》ついたりする」

その日も帰宅した途端に「湊は機嫌が悪い？」と問われて、「スナック菓子の袋の口がすんなり開かなかったから」と言ったら、「可愛い」と笑われた。

遅い時間はガッツリ食べないからと、生野菜と押し麦を少量のフレンチドレッシング、塩と胡椒であえたサラダと湊の作ったトマトジュースを腹に収めた。

「多分ね、あれだ。ヒートじゃない？」

「え……まだ三ヶ月経ってない。二ヶ月半、ぐらい」

湊はスマートフォンのスケジュールアプリをチェックしながら「今、ヒートが終わってから七十四日目」と言った。

「そういう周期もアリだと思うよ。人間の体は個人差がある。それに湊は、今とても、凄くいい匂いするし」

「え？　いい香りは珠理じゃなかったのか？」

「湊がそう感じるってことは、ヒートに入ってるってことじゃないかな」

言われてみればそうだ。

今朝、仕事に送り出したときはなんともなかったのに、帰宅した珠理を見ていると胸の奥が熱くなって、ふわふわと心地よい。こういうのを多幸感と言うのかもしれない。

「じゃあ俺の発情の周期って、七十四日なのか」

「そうだね。玲子さんに連絡して、明日から二週間分のスケジュールを調整してもらってくるから、少し待ってて」

「う、うん。分かった……」

もしかしたら自分は今、もの凄く物欲しそうな顔をしていたのだろうか。

「恥ずかしい。いや……これから恥ずかしいことをするなら、風呂に入っておこう」

湊はテーブルの上を片づけて、さっさと一人で先に風呂に入る。

すっきりして出てきたら、電話を終えた珠理が思いきり拗ねてソファに寝転がっていた。

「一緒に入りたかったのに」

「そしたら……入るだけじゃ済まないだろ？　バスルームは音が響く。……その、ベッドで待ってるから、早くシャワー浴びてくれ。頭がどんどんフワフワしてきた。やっぱり、ヒートだ。少し苦しい」

その途端、珠理は勢いよく体を起こすと、「ベッドで待ってて！　すぐ行くから！」と言って、バスルームに走った。

二週間後。

発情期が終わったところで、湊は、珠理と病院へ行く。

問診と触診で、自分の体がオメガとして安定したと知る。

触診とは……？　と首を傾げていた湊は、診察台で医師に後孔を調べられることと分かって冷や汗が出た。

「少ない症例の中では、久瀬さんのようにすぐにオメガ性が定着することはないんです。みな数年はオメガ性の揺らめきで苦しむ。志藤さんのサポートがあってよかったですね」

医師的には、湊のオメガ性移行は完璧だったようで終始笑顔だ。

「……は、はい。本当に助かりました」

「初めてのヒートで、無理なく性交できましたか？　もし性交の悩みがあるようでしたら、カウンセラーを紹介できますが」

「何も問題ありません。俺は完璧なサポートをしたつもりです。ご心配なく」

湊が口を開く前に、珠理が晴れやかな笑顔を医師に見せた。

「そうですか。何かあったら、いつでも相談してくださいね」

心強いことを言ってくれた医師に深々と頭を下げて、診察室をあとにする。

珠理が「トイレに行ってくるね」と言ったので、湊は「じゃあ、俺は近くをブラブラしてる」と言って歩き出した。

照明も廊下も壁も、各界著名人向けの豪華仕様だが、それが一般病棟に近づくとシンプルなものに変化していく。

「へえ」と、好奇心でここまで歩いたところで、向かいから看護師がやって来るのが見えた。

彼女とすれ違ったときに変な目で見られたが、自分がどこから出てきたのか分かったからだろう。オメガを嫌悪するベータは少なくない。これからは、そういう視線にも慣れていかないとなと、そんなことを思いながら歩いて行く。

広々とした一般待合室は、もう午後の診療が終わっていたせいか誰もいない。受付カウンターの中で、二名の事務員が書類片手に端末に何かを打ち込んでいる姿が見えるだけだ。

帽子を目深《まぶか》に被った患者が一人、受付待合の長椅子に腰掛けている。こちらに背を向けているので年の頃は分からないが、小さくて華奢に見えたので、湊は女性だと思った。

その女性に、さっきじろじろと湊を見ていた看護師が近づいて何かを話しかける。患者らしき女性は最初は黙って聞いていたが、そのうちすっくと立ち上がり、いきなり湊を振り返る。

帽子を目深《まぶか》に被っているので顔がよく分からない。

彼女が「あなたが、久瀬湊さん。こっちに来なかったら、僕があなたの診察室まで行こうと思ってました」と囁いて、そこでようやく女性ではなく男性だと分かった。

帽子の鍔《つば》をそっと押し上げて、こっちを見つめる顔に見覚えがある。

「ラブサーチの、甘城密実」

「初対面なのに僕を呼び捨て？　信じられない」

密実は呆れ顔でそう言うと、湊の腕を掴んで歩き出す。正面受付から右に曲がった、内科の待合場所に置かれた長椅子に強引に腰を下ろし「あなたと話をしたかったんです」と言った。

「……受付が違う場所だなんて、さすがは名家ですね」

「それには、ありがたく思っている」

華奢で小さくて、今もパーカーにジーンズというありふれた恰好なのに、とても可愛らしい。手足も小さくて、最近までベータだった湊とはまったく違った。生まれながらのオメガは、こんなにも庇護欲を掻き立てるものなのか。

「僕が、珠理さんのことを好きだって知っています？　あの人本当に綺麗ですよね。綺麗で恰好良くて、他人に優しくて……スキャンダルらしいスキャンダルがない。そんな素敵な人が僕の番になってくれたら最高だと思いませんか？　まさに芸能界のビッグカップルでしょう？」

悪びれることなくにっこり微笑まれて、湊はぽかんと口を開けた。

「それに引き替え久瀬さん。あなたはどこから見てもベータですよね。僕たちのようなオメガとはまったく違う。あなたのような体格のオメガは存在しません。『オメガ性変性症』なんておそろしい病気を患われて、どんな気持ちです？　ベータだったのに突然オメガになった気持ちは？　ヒートはもう来ました？　辛かったでしょう？　……ああ、僕もこの病院の患者です。定期診断と抑制剤でお世話になっているんですよ？　看護師には僕のファンも多いんです」

そして「ふふっ」と小首を傾げ「僕のお願いをこっそり聞いてくれる人も、多いんですよ」と言った。

「……そうか」

湊の頭の中で、今、いろいろな出来事がようやく繋がった。

密実と同じ病院に通っていたとは。だとしたら、その美貌と甘い声で看護師の一人や二人を懐柔するのは容易《たやす》いだろう。カルテだってチェックできる。

その要領で、他の人間にも指示を出しているとしたら？

湊の視線が鋭くなる。

「僕、いろいろと画策することが大好きなんです」

「なぜ、珠理に付き纏う」

「……僕はオメガとして生まれて、今までいろいろありました。それはもう、何冊も本を出せるほど大変な苦労があったんですよ。今はアイドルグループとして成功し人気を博していますが、これが一生続くわけがない。それでも僕は、自分の選んだ世界で生きていく。そのためには番が必要なんです。でも、ただの番の相手では僕の自尊心は満たされない」

「だから珠理を選んだってのか？」

「はい。どうせ番になるなら……誰もが憧れるアルファと番になりたかった。初めて会ったときの珠理さんはとても素敵だった。この人と番になりたいと思ったんです。だからもう、めちゃくちゃ珠理さんとその身辺を調べましたよ。いろんな人にも手伝ってもらいました。僕、記者さんたちにも受けがいいので、いろいろ教えてくれるんです」

まるで珠理をアクセサリー扱いだ。

珠理のことを理解しようともしないで、外見だけで判断して、傍におきたいと願う。そんなの許せない。当然のように珠理を食い物にするなんて。

きっとこういう連中は、珠理がアルファでなかったら見向きもしないのだ。

「なんで、わざわざ俺にそんなことを言う」

「あなた、バカですか？」

密実の低い囁き声に、湊はぞくりと鳥肌が立った。

「宣戦布告みたいなものです。あなたが邪魔だからに決まってるじゃないですか。あなたがオメガにならなければ、珠理さんをもっと早くに僕の番にすることができたのに。予定が狂って大変でした」

可愛らしく肩を竦めて言われても、そんなの知ったこっちゃない。

湊は眉間に皺を作り、ごくりと唾を飲み込んだ。

「珠理さんがあなたと一緒にいるのは、あなたが可哀相《かわいそう》だからでしょ。幼馴染からの責任感から番になろうとしているんじゃない？　あと、僕、当然あなたのことも調べさせてもらいましたけど、あの久瀬家の次男なんですね。なんで久瀬家からベータが生まれるの？　ああ今はオメガですけど。僕、ビックリしちゃいました。そんなのあり得ないでしょう？　抱き締めたくなるような華奢な体じゃないのも最悪だし。珠理さんの隣に並んで釣り合いが取れると思ってます？　醜いオメガって笑われて終わりですよ？　本当にね、珠理さんの傍にいるだけで、手放しで保護されているなんていい気なもんだ。俺だってあの人のこと……っ」

最後の方は心の奥底に渦巻く気持ちを吐き出したように暗かった。

密実は「俺は、オメガというだけで生まれたときから差別されてきた。ベータに散々バカにされて育ってきた。家族も俺を持て余して無視した。自分がどれだけ恵まれた環境にいるか、考えたことあるのかよ、あんた」と、湊を蔑んだ目で見る。

「そうだな。俺は、珠理に出会えて幸運だと思う」

アルファの父とオメガの間にベータとして身の置き所なく育ってきたことや、オメガになる病気を患ったことが、彼よりも恵まれた環境なのかは分からない。

どちらがより不幸だなんて、比べてどうする。大事なのは、これから先、どうやって幸せになっていくかだ。

「なんだよそれ、腹立つ。何もなかった俺に自慢？　さすがは名家様だよ。ほんと、名家って日本も外国も関係ないね。傲慢な奴らばっかりだ」

密実は「あんた、つまんない」と言って立ち上がり、湊を一瞥もせずに病院から出て行った。

「俺は、珠理がアルファじゃなくても……好きだよ」

オメガ性のなんたるかを知らないうちから珠理に惹かれていた。

だから、もし珠理に「俺、ベータになった」と言われても、「そっか」で終わるだろう。

ベータとオメガだけど結婚しようかと、そんな軽く暢気なノリで、上手くやって行けそうな気がする。

「湊、発見」

そこにようやく珠理がやってきた。

「トイレ、長かったな」

「うん。凄い豪華なトイレを見つけてしまって、写真撮ってた」

「子供か」

湊は笑いながら、さっきまで密実と会っていたことを珠理に言わないと決めた。

玲子が車を寄せてくれる裏の特別受付入り口にそろそろ戻ろうとしたところ、スーツ姿の女性が病院に入ってきた。午後の診療は終わっているので入院患者の面会だろうかと思っていたら、いきなり湊の写真を撮りながら「久瀬湊さんですね？　ベータからオメガになる、大変珍しい病気を患われたと聞きましたが、それは本当ですか？」と大きな声を出す。

誰だ。この女はどこの誰だ。

湊は腕で顔を隠そうとするが、女性の追及は止まない。それどころか、もう一人カメラマンが現れて、顔を背ける湊の姿をカメラに収める。

「何をするんですか……！」

珠理が、湊と女性記者の間に割り込む。

「あなたの病気は、感染すると聞きましたがそれは本当ですか？　オメガ性が変化する病気で、感染しないと言い切れないのに、どうしてここにいられるんですか？　他の人が感染したらどうするんです？　ここにはアルファだけでなく大勢のベータの患者がやってきます！　何か言いたいことはありますか？」

突然の出来事で、湊は表情を取り繕うこともできずに「やめてくれ」としか言えない。

「違う！　彼の病気は感染しませんっ！　医師に聞いてくださいっ！」

珠理が湊の代わりに言ってくれているのが嬉しくて、申し訳ない。自分が言わなければ、珠理まで関係しているように思われてしまう。珠理に迷惑をかけてはいけない。彼の輝かしい未来を守らなくては。

「あなたは志藤珠理さんですね？　彼の友人だという情報がありますが、本当にそれだけですか？　なぜ庇うんですか？　もしかしてあなたも病気なのですか？」

「やめろ！　違う！　珠理は……関係ない！　病気を患っているのは俺だけだ！　俺はベータからオメガになった！　そういう病気だ！」

カメラのシャッターが押される。フラッシュが眩《まぶ》しくて目を細めたが、さっきみたいに顔を覆ったりしない。珠理に記者の関心が向かないように、「病気の話を聞きたいのか」と言葉で煽る。

「湊……っ」

「珠理は俺を見舞おうとしてくれただけだ。珠理は、俺の親友だ」

珠理にゴシップなんて似合わない。いつもキラキラ輝いていてほしくて、湊は珠理に笑いかけた。

騒ぎを聞きつけた警備員や事務員、通りかかった医師が女性を大人しくさせようとするが、

「この人の傍にいるとオメガに感染するわよ！」という声で、彼らの動きが一瞬躊躇《ためら》われた。

医師たちの視線が湊に向けられ、湊は首を左右に振った。

「俺の病気は、感染、しません……」

湊は、自分が持っていた抑制剤を医師の一人に差し出す。

「俺はオメガで、今日も薬をもらいにきただけです」

それでも、他人の前で自分をオメガと認めるのは声が震えて、冷や汗が出る。

女性は散々騒いだあとに、湊に向かって「あなたはご自分の病気を公表する義務があります！　感染するかもしれないんだから！」と言い放ち、警備員を振り切って病院の外に走った。

「大丈夫ですか？　ここで少し休みますか？」

湊の緊張した表情を見て医師が提案するが、彼は首を左右に振る。

今は早く家に帰りたかった。

「俺が関係ないって……どういうこと」

ああ、珠理が怒っているのが声で分かる。だが湊は引くわけにはいかない。

「あの場は……そう言うしかなかった」

「俺は……っ」

「あのままだったら、珠理は俺と一緒に住んでいることまで言いそうだった。知られちゃだめなことじゃないか」

「それは……そうだけど。でも、無関係と言われると傷つく」

「俺だってそうだ。本気じゃないから、言ってて辛い」

そうだとも。無関係なんて……。珠理はこんなにも俺を心配してくれているのに。

湊は泣きそうになるのを堪えて、珠理に「早く帰ろう」と言った。

「病院で何かあったわね？　珠理。すべてを話してもらいましょうか」

帰りの車内の空気が妙に重いことから何かを察した玲子が、リビングで腕を組んだ。

「俺もそのつもりだから、玲子さんにここまで来てもらったんだよ」

そして、珠理の話を聞いていた玲子の表情が徐々に恐ろしいものになっているのを湊は見た。

この人を怒らせたらいろんな意味で恐ろしいのだと知る。

「……なんなの、最悪ね……！」

「その女性は、おそらくフリーのリポーターだと思う。湊は、フルネームで呼ばれたと言っていた。看護師と繋がっていたに違いない。……甘城との恋愛ゴシップと違って、こっちは悪質だ。わざわざ病院にやってくるなんて……っ、くっそ！」

珠理も話しているうちに口調が荒くなる。

「俺の失敗だ。申し訳ない」

表情を強ばらせて謝罪する湊を、珠理が「湊」と言いながら後ろから抱き締めてくれた。

「……しかし、何も知らないのに、俺の病気はうつるなんてことを、平気で言える人間が、いるんだな」

「あんな不愉快なことは忘れていいよ湊」

「みんなにどれだけ迷惑をかければいいんだ。久瀬家にベータが生まれただけでなく、オメガになる病気を患ったなんて、とんでもないスキャンダルだ」

掠れた声しか出て来ない。

病院に行くまでの自分には、未来はそれなりに明るいものに見えたのに。今は曇天《どんてん》どころか暗雲が広がっている。

「浮かれて病院をウロウロするから……」

「違う。湊は悪くない。悪いのは、あの胡散臭《うさんくさ》い看護師と記者だ」

病院にはすでにクレームを入れたが、それでも珠理は怒りが収まらない。

「俺がオメガになったのは本当のことだ。でも、俺に関わる人たちが辛い思いをするのは嫌だ。珠理、本当に、申し訳ない……」

「俺は大丈夫。湊が心配してくれるのは嬉しいが、これでもかなりタフだから。ね？　俺よりも湊の方が苦しいだろう？　もし、ここにいるのが辛くなったら」

「辛くなったら？」

「俺と一緒に、この国から出よう。やっぱりアメリカかな」

珠理が湊を抱き締めながら、以前玲子が言ったようなことを言う。

「俺だけ楽になったら申し訳ない」

「いいんだよ。苦しいことを延々と我慢することなんかない。俺は、逃げてすべてをリセットするのも、時には必要だと思う」

凄いことを言うな、お前。でも、そう言ってもらえると気が楽になる。やっぱり珠理は凄い。

湊はしみじみと珠理を見つめ「珠理は俺には勿体ない」と言った。

褒めたつもりなのに「湊の方が、俺とずっと一緒にいてくれてありがとうだよ。俺に勿体ないくらいの男だよ」と言い返される。

玲子が「仲がいいのは分かったから、ちょっと、冷静になりましょうね」と腕を組んだ。


玲子と珠理は深夜遅くまで各方面に電話連絡を行っていた。

湊は二人にお茶を出して、「自分に何かできることはあるか？」と尋ねたが、逆に「寝てなさい」と言われてしまった。

翌日。

どんなスキャンダルになるだろうかと心臓をバクバクさせながらテレビを見たら、いつも通りの朝のワイドショーだった。ネットニュースにも昨日のことは何も流れていない。

今のところ、何も起きていない。

「どういうこと……？」

拍子抜けしてしまって、逆に昨日の出来事が夢かと思うほどだ。

「病気関係はデリケートな問題だから、おおやけに公表するまで時間がかかる。そこを突いて、久瀬家の名で一時差し止めをした。久瀬家がマスコミ関係とパイプが太くてよかった」

「だったら、全部珠理と玲子さんに任せずに、俺が動けばよかった」

「俺のせいなんだから俺に動かせてよ。志藤家にも動いてもらったしね。結果、上手くいってるからいいでしょ？」

湊は珠理を見つめ、「守ってくれてありがとう」と深々と頭を下げる。

「そういうのは水臭いよ。俺は湊のために俺のできることは全部したいの。だからさせて。……じゃあ俺、仕事に行ってくるね？　グラビアとインタビューだけだから、なるべく早く帰ってくる。今夜は何を食べようかなー」

本当はこんなときに仕事に行きたくない……と顔にめいっぱい書いてあるのが分かった。湊は小さく笑って「考えてメールくれ」と提案する。

「んー…………サッパリじゃないものでもいいかも」

「そっか。……まだ少し眠そうだな。寝不足にしてごめん」

「キスしてくれたら治るよ。行ってらっしゃいのキスして」

大好きな珠理には、ベストの状態で仕事に臨んでほしい。キスぐらい百回だってしてやる。

湊は口を開いて、自分から珠理にキスをする。

口腔内で舌を絡めて、官能を引き出すギリギリのところで唇を離した。

珠理が少し頬を染めて「狡《ずる》いな、湊。でも効いた」と微笑む。

「今日のグラビアは、いつの雑誌に載るの？」

湊は珠理の柔らかな癖っ毛を掻き上げて尋ねると、今度は額にキスをする。

「十二月。冬服だよ。コート着るんだって。暑いよ」

夏場に冬の撮影をするのはいつものことと聞いているが、珠理は「慣れてはいても、あまり好きじゃない」と言う。

だから湊はキスと笑顔で応援してやる。

「じゃあ、俺、その本を絶対に買うから、冴《さ》えない顔した被写体になるなよ？」

キスの合間にそう言ってやると、珠理はくすぐったそうに目を細めた。

「……もう、湊にそんなことを言われたら、俺は頑張っちゃうだろ」

「頑張ってこいよ。今夜は久し振りにピザ食べよう。デリバリーピザ。カロリーがヤバイヤツ。たまにはそういうの食べろ。カロリー消費は付き合うから」

「あー……罪深い味がするヤツだ」

「そうそれ。ポテトも付ける」

湊は玄関まで珠理を見送り、彼の頬に「行ってらっしゃい」の最後のキスをした。

ロケ先のテントの中。

「最近の玲子さん、刀を持たせたら武士って感じよね。どうかしたの？　ピリピリしてる」

付き合いの長いスタイリストが、珠理にぴったりのロングコートを合わせながら、小声で言った。

「俺のゴシップがいろいろと。どうして火のないところに煙を立たせようとするのかって、不思議ですよね」

「そりゃ、珠理君が綺麗でカッコイイからじゃない？　自分の彼にしたいじゃない。でも珠理君は恋人やオメガの番は当分いらないんでしょう？　結婚も、だっけ？」

あっさりしてるわねーと笑う彼女に、珠理もつられて笑う。

「……周りが勝手に騒ぎ出すから、本当にそういう相手を作ってもいいかなと、最近思ってます」

「噂の密実ちゃんはどうなるの？　彼、珠理さんに迷惑かけたくないのに、迷惑をかけてしまってごめんなさいって、謝ってきたじゃない。可愛いよね～」

撮影現場で顔を合わせた途端、密実は珠理に駆け寄って深く頭を下げて謝罪した。

周りの目もあるから、これはただのポーズだなと珠理は判断したし、玲子の眉間の皺も減らなかった。

それでも、スタッフには快く迎え入れてもらえたようだ。

「噂だけだし。俺は、ああいう華奢で儚い美少女タイプよりも、もっとこう、しっかり抱き締められる骨格を持ってる子が好きです」

「そうなんだー。でも、珠理君と密実ちゃんが並んで座ったら、その場所は最高の鑑賞スポットになるわよねえ。二人の王子様よね……」

スタイリストは「綺麗なモノはある意味正義よ」と不思議な持論を口にして、珠理のパンツとシューズを選ぶ。

「ははっ……写真でお金が取れますね」

「そうそう。……って、どうやら向こうも準備ができたようね。いろんな意味で、頑張ってね！」

スタイリストに背中を叩かれ、珠理は小さなため息をついた。

「お待たせしました！　密実ちゃん、入ります！」

うんざりだ。

珠理は、笑顔で自分に近づいてくる甘城密実を、作り笑顔で迎える。

「今日は本当に嬉しいです。いろいろご迷惑をかけてごめんなさい。今回もキャンセルされたら僕のせいだと思ってました。本当にありがとうございます。精いっぱい頑張ります」

「何度も聞いたよ。もう大丈夫だから。こちらこそ、よろしくお願いします」

にっこり笑顔の大人の対応だが、玲子の鋭い視線が背中に突き刺さって痛い。

彼女はきっと、「この仕事を入れた半年前の私のバカ」と己を罵《ののし》っていることだろう。そこまで自分を責めなくていいのにと、珠理は思う。

これは仕事だ。キャンセルなどしない。相手がどう思っていようと私情は挟まない。

笑顔で送り出してくれた湊のためにも、完璧にこなす。

「珠理ちゃーん！　また一緒に仕事ができて嬉しいわ。あなただんだん遠い人になっていくんだもの～。世界的有名人、みたいな！」

腕は確かだがオネエ全開の優秀なカメラマンは、笑顔で珠理の右手を両手で掴んだ。そして、力強く振り回して満足すると、「素敵な写真、撮りましょ」と言ってカメラを持った。

セッティングに念入りに時間をかけ、アシスタントたちが忙しなく動く。

「後ろ、スモーク！　多めにね！」

カメラマンが叫んだ。

珠理は、晩夏の日差しを浴びた廃墟《はいきょ》の前に立つ。

二酸化炭素のスモークが背後にゆっくりと広がり、その場をずいぶん神秘的に彩った。

珠理はカメラマンに言われて密実の手を取り、廃墟の中を案内する妖しげな男を演じる。

シャッターを押す音が絶え間なく響き、廃墟の鉄錆《てつさび》の壁に反響した。

アシスタントたちが、思わず「素敵……」と呟いて魅了されていく。

「珠理ちゃん素敵よっ！　もちろん密実ちゃんも！　アイドルだけじゃなくモデルも、もっとやってみない？」

「ありがとうございます。でも僕、一人は寂しいので嫌です。珠理さんと一緒がいいな」

密実はそう言って、「きゃっ」と両手で顔を覆った。

普通の二十二歳の男性が今のポーズをやったら「キモイ」「ふざけてんのか？」と場が白けるだろうが、密実は小柄で華奢な美しいオメガなので、何をやっても様になる。

ただ珠理は、密実はわざとあれをしているんだなと分かっている。ポーズも言葉もすべて計算し自分がどう振る舞えば周りが喜ぶか、完璧に理解している。

さすがは超人気アイドルグループのリーダーだ。

そこだけは感心する。

「珠理君、次はこれを着てね」

スタイリストにジャケットを着せてもらい、今度は前髪を無造作に下ろした。

アシスタントから枯れ枝の花束を受け取ったところで、「キャンプファイヤーできるね？」と言ってみなを笑わせる。

枯れ枝の中に骨を見つけて、演出と分かっても最初はぎょっとしたが、細身の黒いジャケットにオーガンジーで作られたストールを体に巻きつける。

照明が落とされて自然光の中、レフ板も使わないまま、被写体になった。密実は破けて骨が見えるぬいぐるみを抱いて、珠理に寄り添った。

カメラマンが「ヤバイわー……」と呟いて思う存分写真を撮った。

ずっとしかめっ面をしていた玲子でさえ、「さすがはうちの珠理」と思わず見入るほどだった。


その後も、休憩を一度挟み、何度か着替えて撮影をし、みなで美しい夕焼けを見ながら本日の仕事を終了した。

「お疲れ様です！　ではお二人とも、少々時間が押してしまっているので、インタビューは車の中でいいですか？　無理なようでしたら後日でも……」

雑誌の編集が「帰りはうちのバスに乗っていただいて、仕事が終わったあとの表情も撮れれば嬉しく思います」と言った。

それには玲子が「後日でよろしいですか？　移動中のインタビューはちょっと。ホテルの一室ならともかく、バスの中は如何《いかが》なものかと」

海外でも活躍している人気俳優に対して、少々馴れ馴れしくはないかと、玲子が冷静に意見を述べるが、珠理は「構いませんよ」と笑顔で頷いた。これくらい疲れたことにならない。

「ありがとうございます」

編集があからさまにホッとした表情を浮かべてから、深々と頭を下げる。

本来なら、アルファのモデルにそういうことを求めることはできない。大体は「疲れてるから帰りたいんで」と言って終わる。ただ、珠理は疲れていないし、今日中に湊の待つ部屋に帰ることができればいいので受けただけだ。

玲子が「珠理も、こういうときは断っていいのよ」という表情でまたしても眉間に皺を寄せたが、笑いながら肩を竦めて見せた。

珠理は、自分の横を大きな荷物が歩いているのに驚いたが、よく見たらそれは密実だった。

「……あれ？　甘城さん、マネージャーさんはいないの？」

一人で自分の衣装が入った大荷物を持つ密実に、珠理が声をかけた。腹の立つ相手ではあるが、オメガがこの大荷物をバスまで運ぶのはきついだろう。

「僕たち、グループの仕事でないときは、自分のことは自分で責任を取りなさいって言われているので。これぐらい大丈夫です！　いつも持ってますから」

どこかムッとした表情は素なのか、彼は慌てて「大丈夫！」と笑顔を見せる。しかしいきなりよろめいた。

「危ない」

今の転び方は「素」だと思ったので、珠理は咄嗟に手を伸ばして彼が背負うように持っていた荷物を両手で掴む。お陰で、荷物を持っていた密実も転ばずに済んだ。

「危ないって。これは俺が持って行ってあげるよ。甘城さんはあとからゆっくり歩いておいで。ここは足場が悪いからね。あ、そっちの荷物も持つのを手伝いますよ」

珠理は笑顔で、横を通ろうとしたアシスタントの大荷物も一つ肩代わりする。

誰か一人に優しいのではなく、誰にでも平等に接することをアピールする。これは大事なことだ。

「珠理、こっちよ！」

今の様子を見ていたらしい玲子が、ちょっと嬉しそうな顔で珠理を呼んだ。

だから彼は、密実が舌打ちしたことに気づかなかった。


ロケ場所からは、カメラマンと一緒に、雑誌編集部のマイクロバスでの移動。

他のスタッフは別の車に乗り込み、窓から笑顔で手を振った。

バスの座り心地は大したことはないが、山間《やまあい》の景色が素晴らしくて、みな窓を全開にして、飲み物片手にしばし寛いだ。

密実が、和《なご》やかな車内で場違いなほど真剣な表情を浮かべ、スマートフォンを操作している様子が視界に入ったが、珠理はわざわざ自分から話しかけることはしない。

珠理は「こんな山道でもスマートフォンの電波は立つんだな」と感心しつつ、湊宛に「仕事終わり。帰宅途中」とメッセージを送る。するとすぐに返事が来た。

『お疲れ。さっきまで風呂掃除をしていた』

「仕事相手が渦中の人だったけど、俺はしっかり頑張りました。帰ったら褒めてね」

『分かった。いっぱい褒めてやる』

「じゃあ、またあとで連絡する。大好きだよ」

文章の最後にハートマークを付けて送信した。

文字だけなのに、湊が打ってくれたというだけでどこまでも幸せになれる。

珠理の、そんな幸せそうな顔がカメラに捉えられた。

「今の顔、すごく素敵だったわ～！　相手は誰？　それとも猫ちゃんを見てたの？」

「猫ちゃん。凄く可愛い猫ちゃん」

決して、断じて、嘘はついていない。湊は珠理の可愛いネコちゃんだ。

珠理はそう言って、カメラマンに「んふふ」と緩い表情を見せる。

「……珠理君は人気があって海外でも活躍しているアルファなのに、本当に気さくなのね。私はそういうの、とても凄いと思う。だってみんなアルファってだけで無条件にひれ伏すじゃない。まあ、そういうオーラを持っている人ばかりだものね。でも珠理君は違うのよ」

どこが違うんだろうかと首を傾げると、カメラマンが笑顔で話を続けた。

「手を伸ばせば届きそうで届かないっていう、絶妙のバランスを保っているのが凄いのよ。だからモテるのよねー。オメガの子たちにも優しいし」

「いや、まあ、それは……」

過度の好意を持たれたくなかったから博愛的行動を取っていただけだが、曖昧に笑ってはぐらかす。

「オメガはオメガで大変らしいわよね。薬を飲んでいても、副作用で気持ち悪くなったりするって話よ。仕事は休めると言っても、そうそう休んでいたら干されちゃうし。ここだけの話、ちょっと危ないことをしてる子たちもいるみたい。お偉いさんたちに直接交渉するためのなんとかって……」

カメラマンは「はあ」とため息をついてやるせない表情を見せる。

だがすぐに、「そろそろインタビューよね?」と笑顔になった。

仕事を得るために何かを差し出す者がいる。アルファにはまったく関係ない話だ。

この世界はどんなことをしてものし上がりたい者が大勢いる。

珠理にはそういう気持ちがまったく分からない。ただ、楽しかったのだ。

スカウトされて、玲子がマネジメントに入ってくれて、初めての仕事が楽しかった。

キラキラと輝く虚構の世界はオメガ性を関係なく受け入れ搦め捕り、ひと握りのスターを生み出していく。その危うさに惹かれた。

だから、この世界に足を踏み入れた。

芸能界でやっていきたいと父に言ったとき、「志藤家から芸能人が出るとは」と言われた。喜んではいなかった。

珠理には兄と同じように経営者の道に進み、各界と太いパイプを築いてほしかったのだ。それでも反対しなかったのは、珠理が芸能を通じて別の道から世界に踏み出せば、新たな人脈に辿り着くだろうと思ったからだ。そして今のところ父の思惑通りだ。

父に「アルファというだけの大根役者は勘弁してくれ」と笑われ、母に「顔がよくて務まるのは若いうちよ。演技力は大事なんだから」と釘を刺され、兄に「オメガアイドルとお友だちになっても番にはなるなよ」と忠告された。

だが今はどうだ。日本の頂点に立つアルファ俳優の一人として活躍し、世界でも注目を浴びている。でなければ、アルファ俳優がごまんといる海外でやっていけるわけがない。

湊に「凄いな」と言われたい、ただそれだけで今までやってきた気がする。これからも言われたいので、珠理は目標に向かって歩き続ける。

「珠理さん、そろそろインタビューよろしいですか？」

編集者が、会話を録音するためにスマートフォンを右手に持って微笑む。

「はい。よろしくお願いします」

　そう言った横から、密実が「僕もよろしくお願いします」と席を移動してきた。聞いてないぞと心の中で突っ込みを入れたが表情には出さない。こちとら演技力に定評のある志藤珠理だ。

「甘城さんも一緒なんですね。よろしくお願いします」

「はい。……あの、僕の方が年下なので、君付けで呼んでいただけると嬉しいです」

　あくまで上品な笑顔の密実に、珠理は「そういうことでしたら甘城君と呼ばせていただきます」と笑顔で返す。

「はい。去年公開され大ヒットしたハリウッド映画に出演し、世界中にファンを拡大した志藤珠理さんと、大人気オメガアイドルグループ『ラブサーチ』のリーダー甘城密実さんにお話を伺います。……今回は童話を大人の女性向けにアレンジした撮影だったのですが、終わってみての感想をお願いします」

　珠理は「とても興味深かったです。ちょっとコスプレ感があったけれど、こういうのも楽しいですね。使わせていただいたコートは個人的に購入する予定です」と答えた。

「……僕は単純に楽しかったです。憧れの人である志藤さんとも一緒に写真が撮れました。僕が着た衣装はユニセックスブランドだったので、甘さ抑え目の素敵な服で、ダークな世界に似合っていた感じがします。ちなみに僕の役は赤頭巾です。ダークな赤頭巾。狼《おおかみ》さんを殺しちゃいますね」

密実は肩を竦めて笑い、その仕草にカメラマンが「いいわね！」と言ってシャッターを押した。

「つまり、俺は狼だったわけです」

「こんな素敵な狼さんなら、お祖母《ばあ》さんのところに行かずに狼さんに付いて行ってしまいますね！」

「それじゃ童話になりませんね。でもとても楽しい現場でした」

密実が自分のことを話に絡めてきそうだったので、珠理はさっさと話を締める。

いつも冷静な玲子のハラハラする顔を見るのはちょっと面白いが、密実の悪ふざけに付き合う義理はない。

「ありがとうございます。今回、許可を得て廃墟での撮影をしましたが、個人的にこういうところは好きですか？」

「好きです。文明が自然によって破壊されていく様は、意外と美しいですね。今度書店で廃墟関係の本を探してみます」

「僕は少し怖かったです。でも、みなさんが傍にいてくれたので安心できました」

密実の答えに、またしてもカメラマンが「いいね！」と笑顔になる。彼は何も言わなかったが、きっと密実のファンなのだろう。

「中には、甘城さんのように、怖いとおっしゃる方もいますよね」

「あー……斉藤《さいとう》さんは苦手でしょ？　こういうの。あの人はホラー映画も苦手なんですよ。なのにホラー映画で主演しちゃって、監督とスタッフからはあの臨場感がたまらないって大好評だったんですよ」

「斉藤さんとは、俳優の斉藤行真《ゆきまさ》さんですよね？　プライベートでも仲がいいそうですね」

「はい。大好きな先輩です。来年は一緒にハリウッドに行きますので応援をよろしくお願いします」

「こちらこそ！　…………では、ファンの皆さんからも是非聞いてくれと言われてます、下着はどこのメーカーがお好きですか、と。聞いていて私も恥ずかしいです」

頬を染める記者に、珠理は気にせず笑う。

「はい？　あはは……あまり気にせず穿《は》いてますからねー……。現在も引き続き公式モデルを務めさせていただいてるロンド・ロンドのメンズウェアは愛用しています。と、こんな感じでいいですか？」

「充分です！　私も明日、早速ロンド・ロンドに行きます！　では甘城さんは？」

「え？　僕ですか？　普通に国産のパンツですよ？　色は黒が多いですけど、白も穿きます！　色気がなくて済みません」

自分に振られるとは思っていなかったようで、密実の慌てっぷりに珠理もスタッフと一緒に笑った。

「では、次の……」

そのとき、珠理と玲子のスマートフォンからメール着信音が鳴った。

珠理は仕事中なので無視したが、玲子は何事かとスマートフォンを操作する。

「パートナーがいるという想定で教えていただきたいのですが、どんな服を着てもらいたいですか？　ブランド名を出してくださると、スタイリストがとても喜ぶと思うので具体的にお願いします」

さっきまで仲良く仕事をしたスタイリストが編集者の横に座り、手には可愛いメモノートを持っている。

「そうですね……」

「うわ、何これ！」

スタッフの一人が大きな声を上げたので、編集は録音を中止した。

みな、「何があったの？」「どうした？」とスマートフォンを持った彼女の手元を覗き込む。

ウェブのニュース欄に「感染する？　しない？　オメガに変化する病気を患った男性」という見出しがあった。

オメガが感染するわけがないと分かっていても、「もしや」と不安になってしまうのは仕方がない。「それ、信憑性はあるの？」「有名人が何人か呟いてるんですけど」「うつるわけないのにねえ」と騒いでいたが、同じバスの中に密実がいることを思い出して口を閉ざした。

密実は「ははは、僕は生まれたときからオメガなので、よく分からないです。でも、うつったら怖いからみなさんの気持ちも分かります」と困り顔で笑う。

「珠理、ちょっと」

玲子が手招きするので場所を移動する。申し訳ないが、インタビューの続きは後日になるだろう。

珠理は玲子からスマートフォンの液晶画面を見せてもらい、目を見開いた。

病院の受付に佇む湊の横顔が映し出されて、「オメガ性変性症の久瀬湊さん二十五歳」と書かれている。不明瞭な横顔写真のため、湊を知らない人間なら「だれ？」となるが、彼を知っている者なら、すぐに誰か分かる程度の加工しかされていない。

「ウェブニュースですね。ＳＮＳのホットワードランキング一位になっています。珠理のところにきたメールは？」

「あー……兄からです。こうなってしまったら週刊誌の差し止めはせずに、医師たちと記者会見をするという話。セッティングは久瀬家だそうです。ふむ……。玲子さん俺を久瀬家に連れて行ってくれませんか？　考えついたことがあるんです」

「……それは、湊君のためにもいい方向へ行くもの？」

「もちろん」

どっちにしろ、騒ぎたいマスコミに美味しい餌を提供することになるだろう。それでいい。

最後がハッピーエンドなら、途中の「紆余曲折《うよきょくせつ》」はよくある話になる。

湊と自分の将来のために、それと、この病気を患ってしまった人たちが、少しでも幸せになれるようにと、珠理は気合いを入れて前髪を掻き上げた。

そのときバスが揺れ、密実が持っていたスマートフォンが彼の手から離れて床に落ちて滑った。

自分の足元に滑り込んできたスマートフォンに目を向けた珠理は、液晶画面に湊の画像を見つけて素早く拾い上げた。

なぜ密実が……と思った次の瞬間、珠理は指をスワイプして彼のスマートフォンの画像をチェックする。病院帰りの湊の画像が何枚も入っていた。まさかと思いメールもチェックした。他人の個人情報を覗くのは犯罪だと分かっていても、頭に血が上って制御できなかった。

「あ、珠理さん、済みません～。それ、僕の携帯……」

「そうなの？　じゃあ、俺のメルアド、登録しておくね。今、登録するからそれまで待ってくれる？」

珠理が笑顔で言ったら、スタッフたちが黄色い歓声を上げた。カメラマンは、驚く密実の写真を撮ると、今度は珠理にカメラを向ける。

「熱愛とか、そういうのじゃないですからね。せっかく仲良くなったんだから、メルアドぐらい交換しようってことです。ね？　甘城君。これからも一緒に仕事をすることもあるだろうし。

映画やドラマで共演できたら嬉しいよね」

メーラーの中には、湊のプライベートを調べるように指示した内容と返答がいくつも残っていて、珠理はそれをすべて、素早く自分のメーラーに転送する。

まさかとは思ったが、ここまでやってたのか。そりゃあ、湊の病気に詳しいわけだよ！

くっそ！　俺の大事な湊を面白おかしく傷つけやがって……っ！

腸《はらわた》が煮えくりかえるとはこういうことを言うのだろう。怒鳴って密実を殴り倒したい狂暴な感情に支配されそうになる。それを必死で堪え、行ってらっしゃいのキスをして自分を送り出してくれた湊の顔を思い出した。

怒りは顔には絶対に出さない。笑顔も台詞も、すべて演技だ。

「え？　あ、はい！　でも、そんな、今すぐでなくてもいいんですけど！」

密実の笑顔が微妙に硬い。だが珠理は気にせずとびきりの笑顔を見せてから、最後に、偽りのアドレスを登録してから密実に返した。

「なんなら、今日の記念にツーショットで写真撮ろうか？」

キラキラと輝く珠理の笑顔には勝てない。密実は「はわわ」と変な声を上げ、「お願いします！」と言って珠理に密着して何枚も写真を撮った。

湊はまだ、巷《ちまた》の騒ぎは何も知らなかった。

有料チャンネルでずっと映画を観ていたのだ。

「湊はそこで、テレビを付けて見ていて。大丈夫、何も困ることはないわ。名家舐めるなってことよ。大丈夫よ湊。あなたの大事な人たちを信じて」

ソファに寝転び、少しウトウトしたところで母からのメールで起こされ、指定された民放チャンネルに番組を替える。

正面には、記者会見でよく見る長テーブルとパイプ椅子、そしてたくさんの固定マイクが置かれている。背後にはカーテンではなく大きなテレビモニターが立てかけてあった。

そこのモニターにも、画面下のテロップに「オメガ性が変化する病気。誰もが感染？」と赤い大きな文字で書かれていた。

指先が瞬く間に冷たくなり、背筋に嫌な汗が伝う。

一人のリポーターが出てきて「最初は、ウェブニュースからで、そこまで深刻性はありませんでした。しかし本日、感染するという新たな情報により、診察を行った病院の院長と医師が記者会見をする模様です。今夜八時。あと数分、ですね」と、視聴者にわざわざ説明する。

たくさんのテレビカメラと報道陣が、まだ誰も座っていない場所の写真を撮った。

そこへ、湊を診察してくれた医師と病院長が現れる。久瀬家と志藤家の両親も医師たちの横に座ったところで、衝撃のようなフラッシュが焚《た》かれた。

本来なら自分もあそこにいて、何か弁明しなければならないだろうに、どうしてここで、こんなのんびりテレビを観ているのか。

「な、なんで………っ」

カメラのフラッシュを浴びる両親たちに申し訳なくて、湊は今にも泣きそうになった。

これのどこが「大丈夫」なんだよ、母さん……っ！

それでも、深呼吸を繰り返して画面を見つめる。

司会進行の局アナウンサーが、医師たちの氏名を紹介し、医師たちがまずは「オメガ性変性症」について語り出した。

彼らはここで「感染しない病」であることを前面に押し出して、報道陣たちの質問を待つ。

そんな病気は本当にあるのか、感染しないとはどういうことか、矢継ぎ早の質問に、医師たちが冷静に応える。

質疑応答慣れしている……と、途中で分かった。さすがは大病院の医師だ。報道陣の引っかけやわざと煽るような問いかけに激することなく冷静に応えている。

「どんな接触……粘膜接触でも感染いたしません。遺伝的な病気でもない。自分の体の細胞が、ある日突然変異する、そういうものです。一部の腫瘍《しゅよう》のように死に至ることはありませんが、一度変性してしまったオメガ性は、二度と戻りません」

場が一瞬、静まりかえる。

だが感染しないという事実はにわかに信じがたいようで、「患者と話すことは不可能ですか?」と記者の一人が声を上げた。

すると他の記者も「写真、ありましたよね?」と大きな声を出す。

「それに関して、久瀬家の方々はどうお考えですか?」

国内外の経済を動かす名家の人間は、多少の例外はあれどほぼ全員がアルファだ。

そんな、まるで別世界で生きているようなアルファの名家から、生活が一変するだけでなく人生までガラリと変える罹患者《りかん》が出たことが衝撃的だった。

「珍しい病と聞きました。我々ベータが罹患する場合もあります。そこはどうお考えですか?」

すると湊の母がマイクを持ち、報道陣ににっこりと微笑みかける。

「病気は感染しません。していたら、私たちもとうに変性していたことでしょう。どうかしら? それともう一つ。久瀬家と志藤家は、この珍しい『オメガ性変性症』に苦しむ世界中すべての人々を支援する団体を作ることをここに宣言いたします」

またしてもフラッシュの嵐。

今度は湊の父がマイクを持ち、「初代の責任者は私です」と言った。

「……父さんが、責任者に……なるのか。そうか、よかった」

画面の中の父はいつもと同じようにのんびり構えていて、美しい母と並ぶと絵になる。それは志藤家も同じだ。

ベータの記者たちはアルファ名家の「まだ他に質問があるのか？」という表情に気圧《けお》されて、口を噤む。

そんな中、一人の女性記者が手を上げた。

「あいつ！」

病院で湊に酷い質問を投げかけた女性だ。

「志藤珠理さんは、感染していないのですか？　だとしたら、彼がここに姿を見せないのはおかしいのではありませんか？」

会場がざわつく。

記者たちは目配せし合って「そうだよな」「彼がここにいないのは不自然だ」と口にする。

「珠理さんは、オメガのアイドルグループの甘城密実さんとの熱愛を報道されていますが、それには一切触れないのですか？　やはり……彼は罹患しているのでは？　ベータになってしまったのですか？」

バカバカしい、と誰もが切り捨てることができなかった。

記者の中から「珠理を出せ」との声が大きくなる。

「最初に罹患した久瀬湊さんも、ここにはいませんよね？　うつらないなら姿を見せてもいいと思いませんか？　私たちには知る権利があります！　安心させてください！」

聞いていて腹が立つ。

湊は両手の指が白くなるまで握り締めて画面を見つめた。

「ふむ、そうだな。彼を出さないとみな納得しないのなら、出てもらおうか。珠理」

珠理の父がマイクを介して珠理を呼ぶと、突然会場が暗くなり、背後の巨大モニターに珠理の姿が映った。

配信画面にはコメントを流せるようになっていて、すでに大勢の視聴者たちが「テレビだー！」「うわマジで？」とはしゃいだコメントを流している。

「みなさん、お騒がせして申し訳ありませんでした。志藤珠理です。現在、某所からライブ配信をしております」

キラキラと輝く笑顔で手を振る珠理に、記者たちもしばし和んだ。

湊は「え？」と驚きの声を上げた。

いったいどこで配信しているのか。

「みなさんのコメントお待ちしております。配信サイトへはこちらから飛んでください」

珠理が画面の下を指さすと、そこには配信アドレスが張られた。

「珠理だいたーん」「やりすぎじゃない？」「偉そうに」「アルファ様はなんでもできちゃうんだな」と、否定的な言葉が流れ始める。

「今、世界に向けて配信しています。オメガ性変性症について、私の言葉で伝えたいと思います。……罹患した久瀬湊君は私の親友です。彼は名家にベータとして生まれました。久瀬家は家族仲がいい名家として知られていて、もちろん湊君も差別されることなく家族の一員として暮らしてきました。大学を卒業して就職し、休みの日には友人たちと飲んだり遊んだりする、そんな普通のベータでした。この病気を患って、もっともショックを受けたのは湊君本人です。私は彼のために何かしたかった。私のできることなら、なんでもしたかった。そして、罹患してオメガになった彼を保護しました。三ヶ月近く一緒に暮らしていますが、私は罹患していません」

コメントが一気に増えた。

「珠理が助けたの？」「友達をたすけた！」「カッコイイ！」「くぜくんカワイソス」「大変だったね」と、コメントが移り変わっていく。

会場の人々は珠理の言葉とコメントを見つめ続けた。

「そもそも……この病気がうつるかどうかなんて、医師の説明を聞けば簡単に分かることです。サイトに医師の説明を載せましたので、そちらもご覧ください」

珠理が再び、モニターの下部を指さした。

そこに「オメガ性変性症について」というサイトのアドレスが張られている。

「知らないと不安になります。是非皆さん、読んでください。そして知ってください。この病気は絶対にうつりません。……まあ、たまたま俺がうつらない人間なんじゃない？　と思われたらもう仕方ないんですが、志藤家と久瀬家の人間で湊と接触してオメガ性が変わった人間は誰もいないから、信じてもらうしかないんだけど、信じてくれると嬉しい」

最後はいつもの砕けた口調で、珠理が笑顔を見せる。

コメント欄は「いつもの珠理じゃん」「うつらないなら安心だ」「うん」「珠理カッコイイ」「ところで密実とはどうなったー？」と話題が変わっていく。

「それとね、俺は子供の頃からたった一人の人間を愛し続けてきました。途中、どうしようもなくてフラフラしたこともあったけど、でも諦めきれなかった。それからはその人一筋です。そんな俺は、甘城密実さんとお付き合いをしたことなど一度もありません。仕事で一緒になっただけの仲です。その誤報道でも悲しませてしまった、俺の、心から愛する人に謝罪したい」

コメント欄がハートでいっぱいになり、一瞬、珠理の顔がハートで埋め尽くされて見えなくなった。

双方の両親が眉を下げて笑い、記者たちも新たな特ダネを予感してカメラを構える。

「好きな相手がオメガならば番でいいじゃないか。番として子供を産んでもらい、アルファと結婚して家を繁栄させていくのが名家に生まれた自分の役目。普通ならばそうです。でも俺は違った。子供の頃からただ一人、久瀬湊と結婚したかった。彼はベータで俺はアルファだったけど、結婚したかった。彼がオメガになった今でも、俺は湊と結婚したい。番と結婚相手を別《わ》けない。愛しているのはただ一人だから。湊……俺と結婚してください」

画面越しのプロポーズ。

珠理は右手を差し出したまま。

湊はテレビ画面を見つめたまま、両手で顔を覆っていた。

なんだよこれ、恥ずかしい。世界に向けてプロポーズ配信かよ。もし俺が断ったら……珠理はとんでもないことになるんだぞ？　分かってるのか？　なあ珠理！

「誰が……断る、かよ……っ、誰が断るもんか！　本人出てこいっ！」

湊はテレビに向かって大声を上げた。

視聴者たちは、「イエスと言えー！」「結婚しろ！」「教会がこっちに来い！」「マジで！」「泣けてきた！」と書き込んで、画面が再びハートでいっぱいになる。

ハートがなくなったときには、画面から珠理本人も消えていた。

記者たちは「本人は今、どこにいるんですか！」「話を聞かせてください！」と両家に詰め寄るが、「私たちにも、どこにいるかはさっぱり」ととぼけた。


返事をしたいのに相手がいない。

湊はスマートフォンを握り締めて、珠理に電話をかける。

頼むから出てくれ。返事をさせて。こんなところで待たせないで。いてても立ってもいられなくて、思わず玄関の扉を開けると、そこには珠理が立っていた。彼は右手に鳴り響くスマートフォンを握り締めて、笑顔で立っている。

「どこにいたんだよっ!」

「うん。湊が借りた部屋が、このマンションにあるでしょ? そこ。亘《わたる》さんに機材を運んでもらっていろいろ設定して、ライブ配信してました」

湊は、兄の名を出されて「なんで!」と再び怒鳴った。確かに湊の兄は映像関係に強く、その手の会社をいくつか経営している。

「俺……何も知らなかった」

「事態は一刻を争うことになっていたからさ。でも、成功したみたい。見て」

珠理は玄関に入って後ろ手でドアを閉めると、湊に自分のスマートフォンの画面を見せた。

珠理がいなくなったあとには、代わりに大型犬の縫いぐるみが置かれている。そこに、大勢の人々がコメントを寄せていた。いろんな国の言葉で「頑張れ」「イエスと言ってもらえますように」などの激励のコメントが寄せられている。視聴者数は、とんでもない数を叩き出していた。

「視聴者数が凄くて、亘さんが喜びながら驚いてた」

「あ、ああうん。それはよかった。それでな? 俺、言うことがあって!」

「俺も、湊から聞きたい言葉があるんだ」

「あ、あの、な、珠理。もう一回、あれ、言って。一番最初に、俺にしてくれたヤツ」

すると珠理が、その場に跪いて、湊の右手を両手で包み込む。

「久瀬湊さん」

「はい」

「俺と……志藤珠理と結婚してくれますか？」

数ヶ月前のプロポーズはなかったことにしてしまった。

でも今は違う。

「喜んで。イエスだ。これ以外の答えなんて俺には出せないぞ！　珠理！　イエスイエスイエスイエス！　どこまでもイエスだ！　ずっと一緒にいる。珠理が……大好きだよ」

元気よく言っていたはずなのに、最後は涙が勝手に零れてきた。

湊は「夢みたいだ」と言って、左手で涙を拭う。自分が珠理と結ばれるなんてあり得ないと思っていた。

なのに、今は二人で未来を語ることができる。

「夢じゃない。これから俺たちに起きる現実だよ、湊」

「うん。そうだな。珠理と二人で頑張っていく」

珠理がゆっくりと立ち上がり、湊の目尻に浮かんだ涙をキスで拭う。

「珠理……っ……俺……っ」

目の前が揺れた。

胸の奥が珠理への想いでいっぱいになった途端に、湊が発情した。

玄関先は急激に甘い香りで満たされ、珠理が「これは、強烈だ」と笑う。

「珠理……俺……っ、ああもう、周期が、狂った……っ」

「それはまた、あとでゆっくり数えよう。今は……お前を抱きたくてたまらない。俺に可愛がられて孕んでしまえ」

湊の香りに劣情を突き動かされた珠理が、欲望にまみれた声で湊に囁いた。


ベッドに行く間も惜しんで、リビングのラグの上に寝転がる。

「あ、あ……っ、珠理……っ、も、出ちゃう……っ」

湊は珠理に服を脱がされる刺激だけで達し、床にとろとろと精液を滴らせた。

「いいよ。何度でも、イかせてやる。ほら、ここ、俺が欲しいって」

俯《うつぶ》せのところを乱暴に腰を持ちあげられたと思ったら、珠理の右手が後孔に触れて、溢れる愛液を掬う。

「こんなにとろとろにして、湊。可愛い」

　後孔をくちゅくちゅと指で浅く掻き回されただけで、湊はまた「あ、あああっ！」と達した。精液は零れていないが、体の中が信じられないほど敏感になって、どこを触れられても軽く達してしまう。

「も、触らなくていいからっ、中、ちょうだい。中に欲しい、俺の尻の中、珠理のちんこちょうだい……っ、も、苦しい……、イク、イクッ、また……っ」

　珠理に尻をそっと噛まれて、湊は体を震わせて達した。

「すごい匂いだ、湊。俺を煽る匂い。熟れた果実の匂い」

　珠理がうわごとのように呟き、湊の中に熱した陰茎を挿入する。一気に奥まで貫いてくれると思ったのに、浅い場所をゆるゆると突くだけでは、もどかしくて頭がおかしくなる。

「それ、やだっ、珠理、奥まで、奥までくれよっ、頼むから、そこばっかり突かないで」

　湊は尻を揺らして奥まで誘おうとするが、腰を掴まれて動きを止められた。

「動いて、珠理、動いてくれっ！　奥まで突いてくれよ！　やだ。こんなのやだっ、奥まで、ちんこ、ちょうだい……っ」

「うん。でも、湊がこうして悶えてる姿が凄く可愛くて、いっぱい苛《いじ》めたくなる」

　浅いところばかり突きながら、珠理が小さく笑った。

「中はとろとろで、なのにきゅって俺を締め付けてくる。いやだって言いながら俺を締め付けるの、湊可愛い」

「あ、ああ……そんなっ、俺、も、珠理に中を弄ってもらわないと……イけないのにっ」

湊は「あ、あ」と小さな声を上げて体を震わせる。

オメガのように華奢なところが一つもない体を可愛いと言ってくれるのは嬉しいが、でも、ゆるい愛撫ばかりでは欲求不満が高まるだけだ。

「ん、んん、ん……っ、珠理、珠理、ちょうだい……っ」

湊は自分の手で陰茎と陰嚢を刺激して、少しでも強い快感を得ようと努力する。両手を先走りと愛液でねっとりと濡らし、滑りやすくなったところで素早く陰茎を扱《しご》く。

「だめだよ、湊。オナニーするなら俺にちゃんと見せて。ほら、奥をとんとんってしてあげるから、恥ずかしいところを見せて」

結合したままいきなり体を仰向けにされ、目の前に苦痛と快感の入り交じった星が飛ぶ。

「全部見えてるよ、湊。可愛い」

「あ、ああ、珠理、珠理……っ、それ、気持ちいいよっ、奥、もっととんとんして……っ」

だらしなく広げた脚の間に珠理が挟まり、湊の腰を押さえ込んで奥を突く。

「ひゃ、あっ、ああんっ、そこだめっ、それ以上されたらっ、おかしくなるっ、弄られたらっ、あっ、そんな奥までっ、とんとんっ、されたら……っ」

湊は背を仰け反らせ、珠理に自慰を見せながら中だけで絶頂した。

両脚をぴんと伸ばして小刻みに震え、体はうっすらと朱に染まって汗を掻く。

その反動で、珠理は搾り取られるようにして射精した。

「湊、湊……俺の湊……っ」

オメガのフェロモンに当てられて、珠理がすぐに荒々しく復活した。達したばかりの体を揺さぶられて、湊の半勃ちの陰茎が柔らかく揺れて鈴口から精液が溢れ出る。

愛液と精液の混じったぐちゅぐちゅといういやらしい音がリビングに響いて、湊は恥ずかしさと快感に包まれる。

「珠理……っ」

湊は珠理に腕を伸ばして「キスして」とねだった。

珠理は無邪気に微笑んでキスに応える。

わざと音を立てて強く舌を吸い、互いの唾液を飲みながら角度を変えて唇を押しつけた。

「湊……可愛い。俺の湊」

唇のキスから、珠理の唇が耳朶《みみたぶ》に移る。耳の後ろを舐められて背を仰け反らせたら、そこでいきなり陰茎を抜かれた。

「や、やだ……っ、入れて、ずっと入れて、外さないでくれ……っ、珠理のちんこ、好き、熱くて大きくて、好き……っ、離れないでっ」

「大丈夫」

「珠理、珠理……っ、孕ませてくれよ、早く、俺を孕ませて……精液、ちょうだい……っ」

湊は腰を高く上げて、獣のような恰好で腰を揺らして珠理を誘う。

後孔から愛液が糸を引いて床に落ち、珠理の目を楽しませていることに気づいていない。

「いやらしくて可愛い。湊、可愛い。俺のものだ。湊は俺のもの」

「うん。珠理は俺の、珠理は俺のものだ。誰にも渡さない……っ、あっ、あああっ！」

今度の挿入は力強く、一気に奥へと到達した。

湊の最も感じる肉壁は打ち震えて珠理の陰茎を絞り上げる。

「は、はは……愛しいな湊。お前の中は俺を離してくれない」

「ん、んんっ、は、ぁっ、俺だって、珠理を愛してる……っ、俺の体で……珠理を気持ちよく、させたいっ」

「可愛いよ湊。俺の湊。もっといっぱい、気持ちのいい声を出して、いやらしく腰を揺らして。ここはもう、女の子みたいにふっくら膨らんでる。可愛いおっぱい」

珠理が湊の背にぴったりと覆い被さり、両手を胸に押し当てて揉み出した。強弱を付けてヤワヤワと揉まれるだけで、湊の乳首と乳輪は珠理が弄りやすいように興奮して膨らんでいく。

柔らかな胸の筋肉と一緒に両手で捏《こ》ねられ、指先で摘ままれては引っ張られる。強く弾《はじ》かれると尾てい骨に稲妻に似た快感が伝った。

「ふ、ぁ、あ、あ、あああっ、おっぱい、気持ちいい……っ、気持ち、いいよっ」

「俺も触ってて気持ちいい、湊。もっといっぱい揉んであげる」

大きく柔らかな膨らみがあるわけでもない、筋肉で覆われた胸だが、珠理の指で愛撫されていくと柔らかく敏感になっていく。

「ん。して、もっとしてっ、あ、ああ、あ、んんっ」

触れ合う場所から、とろとろととろけていく感覚。

「湊、美味しい……」

珠理が首筋を舐めている。味わい、吸い上げられていくうちに、湊はこれから先の行為に期待する。

噛んで皮膚を突き破って、血を滴らせてもいいから、消えない痕を付けてほしい。

「噛んで、珠理。俺のこと噛んで、おねがい、イかせて、くれ……っ」

珠理の歯並びのいい綺麗な歯が湊のうなじにゆっくりと食い込む。

「あ」

体がとろける。もっと強く、血が滴るほど噛んでほしい。

湊の体は今、珠理のために甘く柔らかく変化していく。甘い香りが一層濃くなる。

「ああ、この感覚……っ、珠理……っ」

「覚えてるよ、湊。まるで」

二人が一つにとろけていく、多幸感に包まれる。

どこからが湊でどこから先が珠理なのか、もう分からない。快感は果てしなく、大波のように押し寄せる。

もしかしてこれが、運命の……というものなのだろうか。

だとしたら、これほど嬉しいことはない。

「珠理……愛してる」

湊が涙を零して愛を囁き、それに応えるように珠理は湊のうなじを強く囓った。

血が滴り、床をポタポタと濡らしても、珠理は湊のうなじに囓り付いたまま、愛撫を繰り返す。湊もまた、腰を揺らして珠理を受け入れたまま、「あ、あ」とくり返し絶頂を味わった。

翌日は二人とも酷い有様だった。

汗と精液と血にまみれて、珠理が「まるでこの世に生まれ落ちた姿だね」と言ったので、湊はその通りだと思った。

「俺は……珠理のものになれた。珠理だけの、湊だ」

「俺もだよ。湊だけの珠理だ。俺たちはきっと、運命の二人なんだ。そうでなくても、絶対に離さないけど」

「……その前に、風呂に入ろう」

そう言う湊に、珠理が「そうだね、ある意味産湯《うぶゆ》だね」と言って笑った。

ああどうしよう。こうして珠理が傍にいて笑ってくれるだけで幸せすぎて死にそうになる。ヒートだからこんな気持ちにさせられるのだろうか。だとしたら、発情という現象もそう忌《い》まわしくもないと思えるから不思議だ。

「ほら、立って」

珠理が手を差し伸べてくれた。

湊はその手をしっかりと握り締めて、立ち上がった。

名家を巻き込んだ悪意のあるゴシップが、劇的なカップルの誕生で見事に上書きされた。

世間はしばらく珠理の公開プロポーズで盛り上がるだろう。

そして名家グループの株価も安定する。いいこと尽くめだ。

ただ一人「俺の画策が茶番にさせられた。なんだよこれ。腹立つ！　最悪！」とぷんぷん怒っている密実を除いて。


「なんで、またうちなの？　せっかくなんだから外に食べに行こうよ。ねえ？　湊。立哉。ひとんちのキッチンで勝手につまみを作り出さないで！」

珠理はリビングの真ん中で大声を出してから、「仕方ないなあ」と肩を竦めて、つまみを作り出した二人の元に向かう。

「オイルサーディンの缶詰がいくつかあるから、それを焼いてよ。あと俺、焼きそばが食べたい。焼きそば」

「了解！　俺はこのジャガイモとチーズで、じゃがピザを作る！　立哉は？」

「野菜は必要だろう？　キャベツとニンジンの千切りでコールスローサラダを作る。それと……お好み巻き！」

立哉が左手にキャベツを持って威張った。

「えええ！　なんだそれ！」

「よく分かんないけど美味しそうだね！」

湊と珠理が仲良く同時に叫び、立哉は「地元の商店街の祭で、薄いお好み焼きを卵焼きみたいに巻く食べものが売ってて、買って食べたら旨かったんだ」と笑う。

「出店の粉モノは大体旨いよな〜」

そう言いながら、湊はジャガイモの皮をピーラーで手際よく剥《む》いて薄く切り、オリーブオイルを塗ったオーブンの鉄板に綺麗に並べていく。その上に、ちぎったオイルサーディンと溶けるチーズを載せて、軽く胡椒を振った。

「これを焼いてる間に焼きそば作るから。立哉、キャベツのザク切りをこっちにくれ〜」

「分かった。珠理はテーブルを拭いて、箸《はし》とグラスを用意して」

立哉の指示でとりあえず動いた珠理だったが「俺だって料理作れるのに」と文句を言うことは忘れない。

湊は慌てて珠理の後を追い、彼の唇に自分の唇を押しつけてから「拗ねないで待ってて」と笑顔を見せた。

「もっと！」

「それはあとで。我慢できるよな？　俺のアルファは」

すると珠理は、「俺のオメガは性悪だ」と言い返し、眉を下げて微笑む。

湊の大好きな微笑みだ。

「おい、いちゃいちゃするのは、俺が寝てからにしてくれ」

こっちに背を向けたまま突っ込みを入れる立哉に、珠理が「まだ何もしてないよ」と言った。


ローテーブルにつまみと取り皿を置くと、缶ビールは床置きになる。

まあそれでいい。勝手知ったる友の家だ。

「では、僭越《せんえつ》ながらこの高橋立哉が乾杯の音頭を取らせていただきます。いろいろな事件は起きたが、収まるところに収まって本当によかった。俺からお前たちに、未来永劫《えいごう》幸せになる呪いをかけてやる。幸せになれってんだこのやろうども。では乾杯」

非常に乾杯しづらい音頭だったが、それでも、珠理と湊は立哉に「ありがとう」と頭を下げて笑った。

「温かいものは温かいうちに食べたいよな。……やっぱ旨いわ、俺のじゃがピザ」

湊はハフハフと口を動かしながらじゃがピザを食べ、ビールで喉を潤す。立哉がそれを見て「太るぞ」と言うが、湊は「動けばいい」と言い返し、今度はコールスローサラダを食べて「旨い」と笑顔になった。

それをじっと見つめたまま、立哉が「珠理、湊がデブになる」と言う。

「そうだな。家族を増やすためにも、万全の状態で妊娠に臨んでほしい」

「子供か。珠理は何人ぐらい欲しいんだ？」

「何人でも」

そして珠理は続けて「アルファでもベータでもオメガでも、どんなオメガ性でも構わないんだ。俺と湊の子供なら絶対に可愛いと断言できる」と言った。

「そうか。お前らしい答えだ。もっと幸せになる呪いをかけてやろう」

「はははは。そうだな、立哉に名付け親になってもらうのもいいな。どう思う？　湊」

すると、真剣に「お好み巻き」を食べていた湊は「俺は最初からそう思ってた」と頷く。

自分たちのことをずっと見守ってくれていた親友に、子供の名付け親になってもらえるなんて、こんな嬉しいことはない。

「そうか、嬉しいな……。いい名前を考えておく」

立哉が視線を泳がせて、珍しく照れている。

怒った。

「結婚式の、友人代表のスピーチも立哉だからね」

にっこり笑う珠理に、立哉は「お前たちは俺を使いすぎる。俺にも、相手を紹介しろ」と怒った。

「……そういえばね」

「紹介の話か？　珠理」

「違うよ立哉。ちょっと聞いて。……『ラブサーチ』の甘城密実だけど、近々引退すると思うよ。田舎《いなか》に引っ越してスローライフだって話」

立哉がしかめっ面で「お前、何かしたの？」と尋ねると、珠理は「俺はしてない。ただ、材料を提供しただけ」とにっこり微笑んだ。

湊は素直に「珠理から遠ざかってくれてよかったよ」と安堵の表情を見せる。

「俺はね、立哉。自分の大事なものを傷つけられたまま放置できるような男じゃないんだよ。きっちり倍返しだ」

「………まあ、そうだな。それもありか」

「ね」

珠理と立哉は顔を見合わせて頷き、湊は「二人だけで何を分かり合ってるんだよ」と突っ込みを入れた。

さて。

彼らの結婚式は、シンプルだが大勢の出席者で祝われた。

クランクインのために湊と二人で渡米したロケ地で、現地のスタッフと玲子が策を練ったのだ。これに志藤家の命を受けた立哉も加わった。

その日はオフだと聞いていたので、珠理と湊は自分たちのトレーラーでぐっすりと眠ってから、食事をとりに中央のミーティングキャンプに現れた。

最初はずっと緊張していた湊も、今ではスタッフと雑談したりキャストの子供たちと遊び、時に雑用係として働いた。彼は今やもうこの映画のクルーの一員だった。

「あれ……？　珠理、なんか……いつもと違う」

「あー……ほんとだ。白いね、いろいろと」

そこにはいつもの「野戦場のテーブル」ではなく、純白のウエディングケーキと瑞々しい果物や愛らしい花、そして数々のビールで彩られていた。

スタッフやキャストは「Congratulation」と声をかけ、指笛で二人を歓迎する。

そして突然ウエディングマーチが鳴り響き、花嫁のブーケを持った立哉が笑顔で現れた。

「え！　お前、なんで！」

「うはっ！　立哉がアメリカにいるー！」

立哉は驚く珠理の肩を叩き、湊にブーケを手渡した。

ロケの最中で、誰一人として正装はしていない。けれど、こうしてケーキはあるし、花嫁のブーケもある。

「結婚式は……クランクアップしてからにしようと思っていたのに！」

珠理の言葉に、相棒役のキャストが「それじゃミナトに振られるぞ！」と野次を飛ばし、みんなで笑う。

「ケーキ……どうやって持ってきたんだ？　ここの気温、三十六度だぞ？　これって……もしかして……」

「志藤家に頼まれて、俺が今朝、ヘリコプターに乗って持ってきた。ヒエヒエだぞ」

立哉が胸を張り、その後ろから「私たちも初めてヘリコプターに乗ったわ！」と両家の家族が現れた。

両親だけではなく、兄や産みの親の慷もいる。みな笑顔でこっちに向かって手を振っていた。

確かに名家であれば、それぐらいは簡単にチャーターできるだろう。玲子がコーディネーターたちの横でニヤニヤしているのが見えた。

「俺がムービーを撮っているんだから、最高のものが出来上がるぜ！」と、映画界最高の撮影賞を取ったカメラマンが、ノリノリで仕事用のカメラを担ぎ、珠理と湊を撮る。

「あー……牧師様！　牧師様はどこだ！」

スタッフが叫ぶと、キャンプ向こうのトレーラーから、タンクトップから黒いシャツに着替えた監督が走ってきた。彼の手には聖書がある。

「私ね、牧師の資格を持ってるんだ。一度でいいから、こういうことをしたかった！」

監督は「イエス！」と叫んで、珠理と湊を呼ぶと、カメラマンに向かって「アクション！」と叫んだ。

これは永遠に続く映画のファーストシーンだ。

そして珠理と湊は、大勢の人々と大自然に見守られて式を挙げる。

すべての誓いにイエスと答え、指輪の代わりにワイルドフラワーを手首に巻いた。用意したのは湊と仲良くなったカメラマンの娘で、「これならぴったり！」と自信を持って推薦してくれたのだ。

「ロケが終わったら、湊の指にぴったりのものを用意するから待ってて」

「この花も可愛い。珠理とお揃いだし」

「……そんな可愛いことを言われた俺は、どうしていいか分からないくらい幸せだ」

この一連のサプライズはその日の夕方には映画公式サイトに投稿され、映画の続編を待っているファンと珠理のファンたちに驚きと歓喜で迎えられた。

珠理と湊が手首に巻いていたワイルドフラワーは、のちに日本のウエディングでも流行した。


ずいぶんと昔の、とても楽しい夢を見た気がする。

湊はゆっくりと目を覚ました。

寝心地のいいベッド、隣に寝ているのは愛する人。

指先でそっと頬を撫でると、少しくすぐったそうな顔をして体をすり寄せてくる。

こんな幸せがあっていいのかと、湊は今更なことを思った。

珠理の渡米に付いて行き、向こうで妊娠出産して一児の親となった。生まれたのは男の子で、珠理の容姿と癖っ毛を受け継いだアルファだ。

「アルファだから愛するんじゃないよ？　湊が産んでくれた子だから愛するんだよ。こんなに可愛い子を産んでくれてありがとう。お疲れ様でした」

生まれたばかりの我が子を抱き締めた珠理が、泣きながら言ってくれたのが嬉しかった。

立哉が何日も悩んで決めてくれた名前、理人《りひと》と名付けられた子供はスクスク育ってもう五歳になる。

「……珠理、そろそろ起きよう。もう十一時だ。大事なお客が来る日だぞ」

湊はゆっくりと体を起こし、腕を伸ばして珠理の肩を揺すった。

「んー……起きる。起きるよ……でもまだベッドでゴロゴロしてたい……」

「……夫婦の寝室に入るのはどうかと思ったんだが、理人と一緒だからいいな？　おはよう二人とも」

突然、親友の声が聞こえてきて、湊と珠理は勢いよく体を起こした。

「僕ね！　湊ちゃんがもうすぐ立哉君が来るよって教えてくれた日から、ずっと待ってたの！　それでね、今日も窓からじっと外を見ながら待ってたんだ！」

理人は立哉に肩車されたまま、大きな声ではしゃぐ。

「俺もまさか、インターフォンを鳴らす前にドアが開くとは思わなかった」

珠理たちの住んでいる区画は高い壁と警備員で保護されており、住人以外の人間は、出入りの際にゲートでチェックされる。

もちろん立哉もセキュリティーチェックをクリアしなければここには入れない。

「立哉！　よく来た！　ゲートで連絡をくれれば俺が迎えに行ったのに！」

湊が笑顔でベッドから飛び降り、彼の肩に乗っていた息子を抱き上げる。

「こっちに着いたのが早かったから、起こすのも申し訳ないと思ってな。タクシーの運転手は『客を乗せてここに来られるなんて！』とめちゃくちゃ喜んでた」

立哉は小さく笑って湊の頭をポンポンと優しく叩く。

「……いつもはＳＮＳで顔を見ながら通話をしてるから離れてるって気はしないけど、でもよく考えたら二年ぶりの生身の立哉なんだよね。元気そうでよかった！　恋人はできた？」

珠理の挨拶はともかく、その問いかけには、立哉は眉間に皺を寄せて首を左右に振った。

「素晴らしい部下には恵まれているんだが、パートナー運は良くないようだ。いっそ、こっちで恋人を探すのもいいかもしれない」

珠理が「ということは、今度の滞在は長いんだな？　長いよな？　いくらでも住んでくれ！いろんなパーティーに連れて行くぞ！」と笑顔で宣言する。

「僕もパーティーに連れて行ってね！　でも今は、立哉君の住む部屋に案内してあげる。どうぞごゆっくりしてください」

湊に降ろしてもらった理人が、腰に手を当てて威張る。

両親が来客に言っている言葉を、意味も知らずに覚えていたのだろう。その誇らしげな姿が珠理の小さな頃にとても似ていて、湊と立哉は顔を見合わせて笑い、珠理は顔を赤くした。

「なんで笑うの？　行くよ！　立哉君！　今日は、僕と一緒にいっぱい遊ぼうね！　いろんなオモチャを用意してあるんだ！」

「とまあ、俺の予定はすでに立っているようなので、しばらく理人と遊んでいる。お前らも、適当にいちゃいちゃしてから部屋から出て来い。ご両親から土産をたくさん預かってきた」

「立哉君、こっち！」

理人は立哉の腕を掴み、グイグイ引っ張って部屋から出て行った。

「相変わらず、理人は立哉が好きだな」

しみじみ呟く湊に、珠理が「立哉は理人の『名付け親』だもんね。波長が合うんだろうなあ」と、少しばかり寂しげな表情で頷く。

「……あー、ええと、せっかくいちゃいちゃしろと言われたので、どうですか？　湊さん」

ベッドの上で胡座《あぐら》をかき、珠理が湊を上目遣いで見て笑う。

「いや……その、言われてするのは恥ずかしいな」

それでも湊は珠理が伸ばした手を掴み、ベッドに逆戻りする。

「そういえば……おはようのキスがまだだよ、湊」

「悪かった」

そう言って、湊は笑いながら珠理にチュッとおはようのキスをした。

「だめだよ湊。キスだけじゃ収まらない。湊はいい匂いがする」

「……ヒートが近いからな」

珠理の両腕が湊を搦め捕る。

二人はベッドに転がったまま、小さな声で笑い合う。

「そろそろ、理人の弟か妹、欲しくない？　子育ても一番大変なところは一段落したし。湊は？」

「俺も欲しい」

理人が生まれてから、珠理は玲子と相談して仕事をかなりセーブしている。

「俺は湊と二人で育児をしたい」というのが理由で、玲子も「それは素晴らしい」と珠理を応援してくれた。

だから理人の連日の夜泣きも、「俺たちの方が泣きたい」と愚痴を言い合えたし、交代で仮眠を取ることもできた。理人が自分の力で寝返りを打ったときも、二人で「頑張れ」と応援できたし、笑顔でハイハイをしながら抱きついてくれたときなど、「こんな小さな子が」と二人で泣いた。

初めて喋った単語は「みー」で、珠理が「湊のことだよね。うん、分かっていたけど、俺のことも呼んでほしかったな」と酷く落ち込みはしたけれど、その後電話で立哉に励まされて立ち直った。

理人は、つかまり立ちから一人歩きできるようになった頃に一度日本へ帰国して（しかも志藤家の自家用ジェットで！）、両家や親戚一同にめいっぱい可愛がってもらった。

幼い頃の珠理と違って人見知りをせずににこにこと愛想のいい理人は誰からも愛され、立哉に一番懐《なつ》いた。

余談ではあるが、立哉は理人を連れて散歩をしているとき、恋人とバッタリ遭遇して「結婚していたなんて。私を騙《だま》したのね」というベタな誤解から破局している。

……とにかく、珠理と湊は理人の成長を二人で見守り続けた。

「珠理の仕事のスケジュールを確認してから、いろいろ準備をしよう。いい脚本があるなら、そっちを優先してほしい」

湊は、玲子が「あなたにオファーよ」と何冊かの台本を持ってきたとき、その中の一冊だけをずっと手に持っていたのを覚えている。

「みーなーとー……俺、仕事も大事だけど湊と理人も大事だよ」

「分かってるよ。でも、そろそろ仕事をセーブするのは終わりだ。最高に輝いている俺のアルファを世界に見せびらかして自慢したい」

「だったら俺は、湊のアルファに相応しい活躍をしなくちゃだめだな。俺が出演したいと思ったのは、クランクインは来年の夏のサスペンス映画でね」

「うん」

「俺の役は連続殺人犯なの」

「刑事じゃないのか！」

「そう。理人が生まれてからは犯罪映画やその手のドラマの出演は避けてたんだけど、俺の大好きな漫画が原作でさ、これやりたい」

「やればいい！　そうかー……珠理にそういう役が来たか。めちゃくちゃ楽しみだな。綺麗な顔だからきっと血糊《ちのり》が似合うぞ」

「……湊、ノリノリだね」

「うん。理人には高校生になるまで見せられないけど、公開されたら俺は何度も見に行く」

「じゃあ正式に返事をする！」

珠理が笑顔で湊を強く抱き締めた。

「俺は珠理の一番最初のファンだから……スクリーンで輝く珠理が見たい。あと、子供も欲しいからいろいろ同時進行になるな」

「今までと同じだ。俺たち二人で乗り越えて行こう」

「そうだな」

湊は珠理の言葉が嬉しくて、彼の胸にそっと顔を埋めてキスをする。

「湊、今、したい」

「……立哉と理人が待ってる」

「大丈夫。ね、湊、愛したい」

珠理が甘く囁き、首筋に唇を押しつける。

湊のうなじに舌を這《は》わせて、劣情を誘う。

まだ発情期は先なのに、珠理の唇と舌で彼のすべてを受け入れる体へと変化していく。

「そこ……だめだ、俺、すぐ気持ちよくなる……っ」

番の証《あかし》である噛み傷が、そこにある。

セックスのたびに噛みつかれるそこは、すっかり珠理の歯形の痣《あざ》になっているが、湊はその痣を愛している。

「珠理」

悪い男だなと観念して微笑み、足を絡めて、誘うように小さく笑うと、珠理も目を細めて幸せそうに笑った。

「愛してる」

思っているだけじゃなく言葉に出して、そして自分も愛を乞う。すると珠理はますます嬉しそうな顔で「俺も愛してるよ」と言ってくれた。

しばらく二人で「好き」「大好き」と言い合って、そのうちとろけて一つになる。

「俺の珠理」

すると珠理も「俺の湊」と言って微笑む。

ベータでもオメガでもなく、「俺の湊」と。

湊はその言葉が嬉しくて珠理を力任せに抱き締め、珠理もまた湊を抱き締め返し、二人は幸せを噛みしめながら甘い吐息を漏らした。

あとがき

読んでくださってありがとうございます。高月まつりです。

今回はオメガバース。

オメガバースです！

担当さんが「オメガバース書きましょう」と言ってくださったので、「よしきたァ！」という勢いで書きました。めっちゃ楽しかったです。

この話を書いていて、私は「実は○○でした」という変身型が好きなのだと確認しました。

いやその方が楽しいというかなんというか、受けや攻めの、今まで当たり前だった日常がふとした瞬間に非日常になってしまう……というのがたまらないのです。

これはもう性癖と言っても過言ではない（笑）。


めくるめくエロシーンに関しては、「さっきこのカッコウしたから今度はこれか？」「あれ？、動いてる手が多くね？」「この喘ぎ声が好きなのか私は」などと冷静であると同時に、「ここはもうダーっとやって、ガッと来て」と勢い付けるというか乗っけるというか。

自分の性癖を入れつつ、大変楽しく書かせていただきました。

ところで、今頃「はっ」と気づいたのですが、お漏らし書いてなかった（笑）。

キャラは、湊はすぐに出来上がったのですが、珠理をどういうキャラにするかで少々悩みました。スパダリ感を出しつつ自分の性癖を少しずつ入れて、そして出来上がりました。珠理はいい男です。

甘ったれだけど優しくて、湊のためなら何でもしちゃう勢いの攻め・珠理。私の書いた攻めの中で「リアルにいたら友だちになりたいわ」と思う攻めの三本の指に入ります。

大体の攻めは「見てるだけでいい。受けちゃんとお幸せに」って思うタイプなので、珍しい。所々屈折してる湊をしっかり支えて、二人で幸せになっていきます。

子供もあと二人か三人ぐらいできる予定ですが、パパラッチに追われそう。でもそこは名家の坊っちゃんなので親戚の会社が作ったセキュリティで乗り越えてくれるでしょう。

珠理と湊は幸せな家庭を築いていきます。

そして二人の親友である立哉はいい奴です。最後までパートナーを作れずに本当にゴメンと思いました。彼はスーパーなベータなので、きっと可愛い恋人ができるはず……だ！

取りあえず私は、彼が勤めているホテルのランチブッフェに行きたいです。

悪役の密実は「可愛くて嫌なヤツ」で、改心しません。途中で改心する敵役は好きじゃないので、密実は最後まで自分の気持ちに正直なキャラとなりました。

憎らしいけど頭が回るので、きっとそのうち「自然派ごはん」とか美味しいご飯本を出してくるんじゃないかなあ（笑）。

そして、イラストを描いてくださった陵クミコ先生！

本当にありがとうございました！　ラフの段階からすでに珠理が格好良くて、担当さんと二人でドュフドュフ言ってました。湊もカッコ可愛い。立哉もめっちゃカッコよかったです！エッチシーンで湊と珠理が恋人繋ぎしてるシーンがとにかく可愛くて可愛くて…泣ける。

本当にありがとうございました！

それでは、また次回作でお会いできれば幸いです。

理人くんが立哉さんに
肩車してもらってるシーンが
可愛すぎます〜♡
立哉さんにも早く
幸せな春が訪れます
ように…♡♡
湊と珠理が超ラブラブで
ステキでした一！嬉しい！♡
ありがとうございました〜っ。
陵クミコ
2019

初出一覧

幼馴染のアルファ様に求婚されています…… 書き下ろし
あとがき …………………………………………… 書き下ろし

ダリア文庫をお買い上げいただきましてありがとうございます。
この本を読んでのご意見・ご感想・ファンレターをお待ちしております。

〒170-0013 東京都豊島区東池袋3-22-17 東池袋セントラルプレイス5F
(株)フロンティアワークス ダリア編集部
感想係、または「高月まつり先生」「陵クミコ先生」係

幼馴染のアルファ様に求婚されています

2019年8月20日 第一刷発行

著 者
高月まつり

発行者
辻 政英
発行所
株式会社フロンティアワークス
〒170-0013 東京都豊島区東池袋3-22-17
東池袋セントラルプレイス5F
営業 TEL 03-5957-1030
編集 TEL 03-5957-1044
http://www.fwinc.jp/daria/
印刷所
中央精版印刷株式会社